보내는 이, 빈센트

반 고흐가 남긴 편지로 다시 보는 그림들

보내는 이, 빈센트

초판 1쇄 인쇄 2023. 2. 28.
초판 1쇄 발행 2023. 3. 8.
지은이 이소라
펴낸이 지미정
편집 강지수, 문혜영
디자인 송지애
마케팅 권순민, 김예진, 박장희
펴낸곳 미술문화 주소 경기도 고양시 일산동구 고양대로 1021번길 33 402호
전화 02)335-2964 팩스 031)901-2965 홈페이지 www.misulmun.co.kr
이메일 misulmun@misulmun.co.kr
포스트 https://post.naver.com/misulmun2012 인스타그램 @misul_munhwa

등록번호 제2014-000189호 등록일 1994. 3. 30.

ISBN 979-11-92768-05-2 (03810)

Vincent van Gogh

반 고흐가 남긴 편지로 다시 보는 그림들

보내는 이, 빈센트

이소라 지음

술고래

일러두기

- 그림의 상세 정보는 화가명, 그림명, 제작연도, 제작 방법, 실물 크기(세로×가로), 소장처 순으로 기재하였습니다.
- 화가명이 표기되어 있지 않은 그림은 빈센트 반 고흐의 작품입니다.
- 각 장에 처음으로 등장하는 편지 사진은 모두 빈센트가 테오에게 쓴 실제 육필 편지의 스캔본입니다. 편지 전문은 vangoghletters.org에서 확인하실 수 있습니다.
- 단행본 및 정기 간행물은 『 』, 시, 논문, 단편, 칼럼은 「 」, 미술 및 음악, 영화 작품은 〈 〉를 사용했습니다.

Vincent van Gogh

1853. 03. 30~1890. 07.29

차례

빈센트 반 고흐 주요 연표 * 008

들어가며: 중요한 것은 사랑할 줄 아는 마음 * 012

1장 아름다운 것들에 감탄해라 1874년 1월 * 017

2장 나는 고독 속에서
     찬란한 것을 꿈꾸지 1876년 10월 * 037

3장 사랑한다는 것은
     얼마나 대단한 일인지! 1881년 11월 * 055

4장 분명 언젠가는
     내 그림이 팔릴 게다 1882년 1월 * 071

5장 평범한 사람은 숭고하다 1882년 6월 * 089

6장 그림 외에 어떤 것에도
     주의를 빼앗기고 싶지 않아 1882년 7월 * 107

7장 온 세상이 비에 젖어 있는 장면은
     얼마나 아름다운가! 1882년 8월 * 123

8장 위대한 것은 충동만으로
     이루어지지 않는다 1882년 10월 * 141

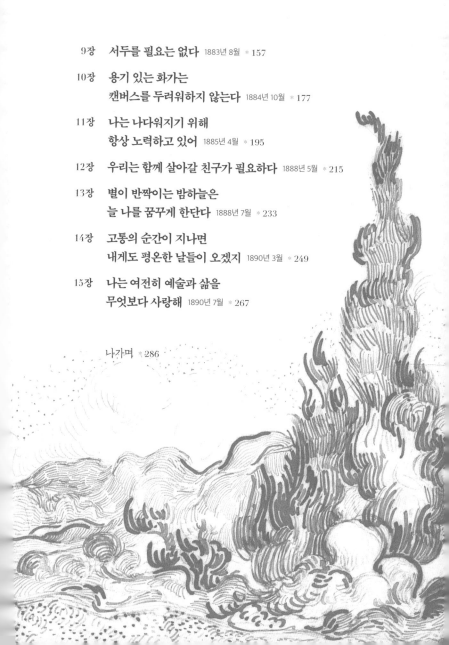

9장 서두를 필요는 없다 1883년 8월 * 157

10장 용기 있는 화가는
캔버스를 두려워하지 않는다 1884년 10월 * 177

11장 나는 나다워지기 위해
항상 노력하고 있어 1885년 4월 * 195

12장 우리는 함께 살아갈 친구가 필요하다 1888년 5월 * 215

13장 별이 반짝이는 밤하늘은
늘 나를 꿈꾸게 한단다 1888년 7월 * 233

14장 고통의 순간이 지나면
내게도 평온한 날들이 오겠지 1890년 3월 * 249

15장 나는 여전히 예술과 삶을
무엇보다 사랑해 1890년 7월 * 267

나가며 * 286

빈센트 반 고흐 주요 연표

네덜란드

❶ 준데르트 Zundert
- 1853년 3월 30일 출생.

❷ 제벤베르헌 Zevenbergen
- 1864년 기숙학교로 전학한다. 지독한 향수병에 시달린다.

❸ 틸뷔르흐 Tilburg
- 1866년 중등학교 진학. 학교생활은 불행했다.
- 1868년 3월 예고도 없이 집으로 돌아간다.
    훗날 자신의 학창시절을 "차갑고 우울한 시절"이었다고 밝힌다.

❹ 헤이그 Hague
- 1869년 7월 큰아버지의 주선으로 미술상 구필 화랑에서 일을 시작한다.

영국

❺ 런던 London
- 1873년 구필 화랑의 런던 지점에서 근무한다.

네덜란드

❻ 에텐 Etten
- 1876년 부모님의 집에서 6개월 정도 거주한다.

❼ 암스테르담 Amsterdam
- 1877년 암스테르담에서 명망이 높았던 신학자 요하네스 스트리커 이모부 집으로 거처를 옮긴다.
    암스테르담 대학의 신학부 입학시험을 준비했으나 실패하고 1878년 7월 이모부의 집을 떠난다.
- 1881년 8월 네덜란드 에텐에서 사촌 여동생 키보스에게 사랑을 고백한다.
    열렬한 구애에도 불구하고 매몰차게 거절당한다.

❽ 헤이그 Hague
- 1882년 1월 또 다른 여인 시엔을 만난다.
- 1883년 시엔과 결별한다. (시엔은 1904년 스헬더강에 뛰어들어 자살한다.)

❾ 뉘넨 Nuenen
- 1883년 12월 외로움을 이기지 못하고 부모님 집으로 돌아간다. 그림 작업에 전념한다.
    이때 빈센트의 작품은 대부분 어둡고 칙칙한 색채를 띤다.
    대표작으로 〈감자 먹는 사람들〉5·2이 있다.

벨기에

❿ 안트베르펜 Antwerpen

- 1885년 11월 안트베르펜으로 이사한다.
- 1886년 1월 미술 아카데미에 등록했으나 곧 그만둔다.

프랑스

⓫ 파리 Paris

- 1886년 3월 동생 테오가 있는 파리로 이사한다.
  화가 에밀 베르나르와 앙리 드 툴루즈 로트레크 등을 만난다.
- 1887년 11월 폴 고갱과 만난다.
  파리에 머무는 2년 동안 200점이 넘는 작품을 남긴다.

⓬ 아를 Arles

- 1888년 2월 파리 생활에 염증을 느끼고 아를로 이사한다
- 1888년 5월 '노란 집'을 계약한다.
  고갱을 위해 네 가지 버전의 〈해바라기〉를 일주일 만에 그려낸다.
  〈고갱의 의자〉11-3와 〈파이프가 있는 반 고흐의 의자〉11-4를 그린 것도 이 시기.
- 1888년 10월 23일 고갱이 노란 집에 도착한다.
  고갱은 〈해바라기를 그리는 반 고흐〉11-2를 그린다.
  이 그림은 고갱이 노란 집에 머물며 완성한 유일한 작품이다.
- 기질이 달랐던 두 사람은 자주 다툰다. 1888년 12월 자신의 왼쪽 귀를 자른다.

⓭ 생 레미 드 프로방스 Saint-Rémy-de-Provence

- 1889년 5월 8일 생 폴 드 모졸 정신병원에 입원한다.
  병원에 있는 동안 아주 짧은 산책만 할 수 있었고 이 시간에 보았던 사이프러스 나무와
  올리브 나무를 기억해 두었다가 병실에 돌아와 그림을 그리곤 했다.
  〈별이 빛나는 밤〉13-4을 그린 시기.
- 1890년 2월에서 4월 사이에 건강 상태가 급격히 나빠진다.
  글은 쓸 수 없었지만 여전히 그림을 그린다.
  테오가 아들을 낳자 〈꽃피는 아몬드 나무〉14-4를 그려 선물한다.

⓮ 오베르 쉬르 우아즈 Auvers-sur-Oise

- 1890년 5월 생 레미를 떠나 이주한다.
- 1890년 7월 27일 가슴에 스스로 총을 쏜다. 29일에 숨을 거둔다. 그의 나이 37세.
- 1890년 7월 30일 오베르 쉬르 우아즈의 한 묘소에 묻힌다.
- 1891년 1월 25일 테오도 세상을 떠난다. 빈센트와 테오는 같은 묘지에 나란히 묻혀 있다.

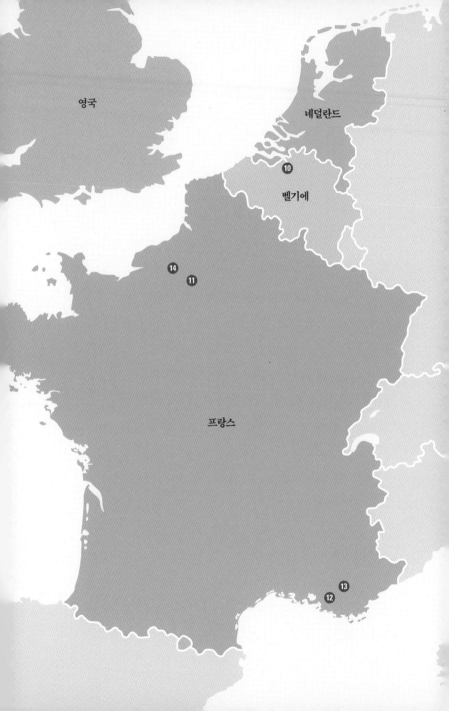

들어가며
중요한 것은 사랑할 줄 아는 마음

내가 가장 좋아하는 화가는 빈센트 반 고흐가 아니었다. 예술이라곤 아무것도 모르던 시절에도 빈센트 그림은 알고 있었다. 〈별이 빛나는 밤〉, 〈해바라기〉, 〈자화상〉……. 내게 빈센트는 새로울 것 없는 유명 화가에 불과했다. 우연히 그가 동생에게 쓴 편지를 읽은 뒤부터 빈센트라는 사람이 궁금해졌다. 어떤 문학작품보다도 간결하고 소탈한 문장으로 진심을 전달하는 그의 글이 걷잡을 수 없이 가슴에 와닿기 시작했다. 빈센트가 테오와 주고받은 편지는 언제나 내게 힘을 준다. 내가 가장 좋아하는 '화가가 쓴 글'은 앞으로도 변함없이 그의 글일 것이다.

　글에 먼저 반하고 그림을 보니 모든 것이 달라 보였다. 빈센트는 흔히 어둡고 우울한 이미지의 화가로 여겨진다. 나 또한 그를 심각한 눈으로 바라봤다. 불굴의 의지, 고통, 불안, 슬픔……. 진지하고 무거운 마음으로 그를 대해야 할 것만 같았다. 하지만 내가 알고 있다고 생각했던 빈센트는 일부분에 불과했다. 흩어져 있던 조각들이 하나하나 맞춰지고 진짜 빈센트의 모습이 어렴풋이 드러났을 때 나는 그를 사랑하지 않을 수 없게 되었다. 사실 그는 누구보다도 긍정적이고 따뜻한 사람이었다. 힘든 상황 속에서도 유머를 잃지 않는 싱거운 사람이기도 했다.

빈센트를 만나고 매 순간 위로받았다. 불안했던 이십 대를 거쳐 삼십 대가 된 지금도 나는 여전히 쉽게 흔들린다. 타인과 나를 비교하며 좌절하고 예기치 못한 불행 앞에서 무너지곤 한다. 빈센트는 그런 나를 붙잡고 지탱해 주었다. 다시 잘해낼 수 있다고 다독여 주었다. 빈센트는 감당할 수 없는 고통 속에서도 도망치지 않았다. 주어진 삶을 온전히 살아내기 위해 어깨를 펴고 꿋꿋이 걸었다. 불행해질수록 그의 내면은 더욱 단단해졌고 희망은 굳건해졌다.

무엇이 빈센트를 그토록 강인하고 긍정적인 사람으로 만들었을까. 그가 남긴 편지와 그림을 통해 내가 발견한 빈센트는 '사랑할 줄 아는 사람'이었다. 자연을, 예술을, 평범한 사람들을, 자신의 인생을. 빈센트가 테오에게 쓴 수많은 편지가 있지만 내가 두고두고 보고 싶은 편지는 여동생 빌에게 쓴 편지다. 이 편지에서 빈센트는 사랑을 이야기한다.

내 사랑하는 여동생.
너의 손이 닿는 곳에 있는 이가 누구든

그와 춤을 추거나 사랑에 빠지는 법을 배우렴.

지나칠 정도로 즐겨도 된단다.

예술이나 사랑을 너무 심각하게 생각하지 마.

(…) 밀알에 발아하는 힘이 있듯이

우리 안에는 사랑할 줄 아는 힘이 있어.

✎ 1887년 10월 말, 파리에서 빌에게

　빈센트의 인생을 따라 흐르는 이 책에서 그가 우리에게 가장 먼저 들려주는 목소리 역시 사랑에 관한 것이다. "아름다운 것들에 감탄하라."(1장) 죽음을 얼마 앞두지 않은 1890년 7월에 쓴 편지에서도 그는 고백한다. "나는 여전히 예술과 삶을 무엇보다 사랑해."(15장) 그는 화가가 되기 전에도 무언가를 사랑할 줄 아는 사람이었고 죽음 앞에서도 예술과 삶을 사랑한다고 고백할 줄 아는 사람이었다. 그는 알고 있었다. 사랑은 모든 고통과 불안을 잠식시키는 힘이라는 사실을. "사랑한다는 것은 얼마나 대단한 일인지!"(3장) 빈센트는 늘 고통받았지만, 어김없이 희망했고 치열하게 사랑했다. 이 책은 그가 우리에게 전하는 단 한 번뿐인 삶에 대한 사랑의 찬가이다.

　책을 쓰는 내내 스스로에게 질문했다. 나는 강인하고 긍정적인 사람일까? 나는 과연 사랑하며 살아왔을까? 아직 확답은 내리지 못한다. 답을 하기까지는 아마 충분한 시간이 필요할 것이다. 다만 이 책의 마지막 장을 쓰고 난 뒤 나는 더 이상 불안해하거나 부정적인 생각에 나를 몰아넣지 않게 되었다. 내 곁에는 내가 어떤 모습이든 나를 사랑하는 이들이 있기에. 빈센트의 말처럼 우리 안에는 사랑할 줄 아는 힘이 있다. 독자들이 이 책을 통해 그 힘을 조금이나마 깨닫는다면 충분하다.

부족한 글이지만 가능성을 알아보고 출판의 기회를 준 미술문화에 깊이 감사드린다. 언제나 나의 잠재력을 믿고 응원해 주는 아빠, 변함없는 나의 조언자 엄마, 철없는 누나를 항상 먼저 생각해 주는 주원이, 그리고 늘 나를 웃게 하는 든든한 남편에게 이 책을 바친다. 책에 인용한 문장으로 못다 한 말을 전한다.

삶이 어디로 흘러갈지 모르지만 난 두려워하지 않아요.
가까운 사람들과 그들의 짐을 나누고,
그들은 나의 짐을 나누면 되지요.
난 살아갈 거고 사랑할 겁니다.

영화 ⟨애드 아스트라⟩ 중

2023년 2월 부산에서
이소라

1장

─ 아름다운 것들에 감탄해라 ─

met je over kunst spreken,
maar nu moeten we er
elkaar maar dikwijls
over schrijven; vindt maar
mooi zooveel je kunt, de
meesten vinden niet ge-
noeg mooi
Ik schrijf hieronder enkele
namen van schilders van
wie ik bizonder veel houdt.
Schoffer, Delaroche, Hébert—
Hamon
Leys, Tissot, Lagye, Boughton
Millais, Thijs, Maris, de Groux
de Braekeleer Jr
Millet, Jules Breton, Feyen-Perrin
Eugène Feyen, Brion Jundt
George Saal, Israels Anker
Knaus, Vautier, Jourdan,
Jalabert, Antigna, Compte Calix
Rochussen, Meissonier, Zamacois
Madrazo, Ziem, Boudin
Gérôme, Fromentin, de Tournemine
Passini

할 수 있는 한 아름다운 것들에 감탄해라.

대부분의 사람들은 아름다운 것에

별로 관심이 없으니까.

중학생 시절, 용돈이 생기면 집 근처 대형마트로 가곤 했다. 군 것질거리 때문은 아니었다. 마트 1층 오른쪽 코너에는 전자제 품이 즐비했다. 몇만 원으론 택도 없는 값비싼 것들. 그런 것엔 별 관심이 없었다. 전자제품을 파는 곳에서 조금 더 구석으로 들어가면 내 가슴을 뛰게 하는 것들이 빼곡했다. 얇고 네모난 투명 케이스에 담긴 수많은 음악 CD. 레코드점은 규모가 작았 지만 유명한 한국 가수부터 이름도 들어본 적 없는 나라에 살 고 있는 가수까지 다양한 종류의 CD를 보유하고 있었다.

그곳에서 노르웨이인지 네덜란드인지 확실치 않은 어느 나 라의 재즈 그룹이 발매한 CD를 산 적이 있다. 그 앨범에서 처 음으로 〈텐덜리*Tenderly*〉라는 노래를 들었다. 허스키한 목소리의 여가수 벳 미들러가 재즈 반주에 맞춰 나른하게 부르는 그 노 래는 십 대 소녀에겐 낯선 충격이었다. 나는 그 노래를 들으며 책 속에서나 읽었던 오래된 유럽 도시에서 지는 해를 등지고 천천히 걸어가는 상상을 수도 없이 했다. 언젠가 어른이 되면 꼭 저런 나라에 가야지. 여기서 '저런 나라'는 실체조차 없는 어느 멀고 아름다운 나라를 의미했다. 타국의 재즈 그룹은 나를 묘한 향수에 젖게 만들었다. 어른이 되었지만 그때 내가 상상했던 나라가 어디인지 아직 찾지 못했다. 그래도 여전히 〈텐덜리〉를 들을 때마다 내 가슴 저 깊은 곳은 부드럽게 흔들린다.

새 CD를 사서 집으로 돌아오는 길은 언제나 환상적이었다. 두근거림과 설렘을 한 아름 안고 방으로 들어와 비닐을 뜯을 때의 기분. 재킷 표지부터 마지막 장의 제목 리스트까지, 앨범은 내게 한 권의 책과도 같았다. 앨범에는 보통 열 곡에서 열두 곡의 노래가 수록돼 있었다. 한 곡을 4분에서 5분 정도로 잡으면(당시엔 요즘보다 긴 노래가 많았던 것 같다) 대략 50분에서 한 시간 정도 온전히 몰입할 무언가가 생긴 셈이다. 가사를 읽으며 노래를 들었던 그 시간들은 마치 조그만 성 안을 홀로 거니는 것처럼 평화롭고 행복했다. 그 시절, 나는 소소한 것들에 쉽게 감탄했다. 나이가 들어가면서 그런 마음들이 많이 무뎌지는 것을 느낀다.

새해 복 많이 받으렴.
네가 예술에 관심을 갖고 있다니 기쁘구나.
특히 밀레를 좋아한다고 했지?
밀레의 〈만종〉은 완벽한 작품이야.

마치 한 편의 시처럼 풍부하고 아름답지.

너와 예술에 대해 많은 대화를 하고 싶지만

이제 우린 편지로 이야기들을 주고받을 수밖에 없구나.

✒ 1874년 1월 초, 런던에서 테오에게

　　스물한 살의 빈센트는 테오에게 이렇게 말했다. 예술에 대해 이야기하고 서로의 감상을 공유하는 형제의 모습이 낭만적이다. 테오가 좋아한다고 말한 밀레는 평범하고 일상적인 자연 풍경을 따뜻한 시선으로 담아내는 화가였다. 시골에서 나고 자란 밀레는 어릴 적부터 농부들의 삶에 관심이 많았다. 씨를 뿌리고 거두는 농부와 이삭을 줍는 아낙네는 밀레의 작품 속에서 왕이나 귀족처럼 고귀하게 그려졌다. 특히 빈센트가 언급한 〈만종〉은 소박한 시골 부부를 기품 있게 묘사한다.[1·1] 감자 바구니를 가운데 두고 고개 숙여 기도하는 모습이 어떤 종교인보다 경건해 보인다. 이 작품은 그에게 두고두고 영감을 주었다.

　　할 수 있는 한 **아름다운 것들에 감탄해라.**

　　대부분의 사람들은 아름다운 것에 별로 관심이 없으니까.

　　이이지는 편지에서 빈센트는 이렇게 썼다. 아름다운 것들에 감탄하는 것은 쉬운 일 아닐까? 왜 동생에게 이런 말을 했을까.

1-1 장 프랑수아 밀레, 〈만종*L'Angélus*〉
1857-1859, 캔버스에 유채, 55×66cm, 오르세 미술관

사실 감성적으로 매우 예민했던 빈센트에게 세상은 고통스러
운 곳에 가까웠다. 스스로의 어린 시절을 두고 '우울하고 차가
웠던 시간'이었다고 표현하기도 했으니까. 집에서 32킬로미터
나 떨어진 학교에 다니며 가족과 떨어져 지내야 했던 그 시기를
빈센트는 괴롭게 기억한다. 이런 기질은 성인이 되어서도 변하
지 않았다. 쉽게 우울해했고 외로움은 언제나 그를 따라다녔다.
이상과 현실의 괴리가 심해질수록 슬픔은 깊어졌다.

　하지만 빈센트는 세상의 멋지고 아름다운 순간에 쉽게 마
음을 빼앗기는 사람이기도 했다. 자신을 둘러싼 풍경에 넋이 나
가기도 했고, 매력적인 여인에게 순수한 경탄을 보내기도 했다.
지중해에 떠 있는 배들을 보며 꽃밭을 떠올릴 만큼 감수성이 풍
부했다. 갑자기 퍼붓는 비에 온몸이 홀딱 젖어가면서 촉촉해지
는 숲을 홀린 듯 바라보는 천진난만함도 있었다. 절망적이고 어
두운 삶의 한가운데에서 그가 남긴 작품들은 흐드러진 꽃과 울
창한 초록 나무와 별빛이 쏟아지는 밤, 그런 것들이었다.

　〈사이프러스 나무가 있는 밀밭〉은 빈센트가 정신병원에 있
을 때 그린 그림이다.[1,2] 정신 착란과 우울증이 심각해진 그는
1889년 5월 8일에 스스로 입원한다. 그로부터 약 두 달 뒤인 7
월, 정신병원의 창문에서 바라본 경치를 배경으로 이 작품을 그
렸다. 이러한 상황 속에서 그렸다고는 도무지 싱싱이 기지 않는
평화로운 분위기의 풍경화다. 슬픔이나 부정적인 감정은 한 올

도 보이지 않는다. 한여름의 푸르고 싱그러운 향기를 오롯이 담고 있는 이 그림을 볼 때마다 기분이 산뜻해진다.

그림 오른쪽에는 짙은 녹색의 사이프러스 나무가 우뚝 솟아 있다. 하늘에 닿을 듯 압도적인 높이다. 뾰족한 사이프러스 나무의 강인한 생명력은 빈센트를 사로잡았다. 육체적, 정신적 고통에서 벗어나 원하는 인생을 향해 나아가고자 했던 그에게 저 나무가 지닌 생명력은 빼앗고 싶을 만큼 매혹적이었으리라. 잘 익은 밀밭은 황금빛으로 일렁인다. 금발 소년의 윤기 나는 머릿결처럼 바람을 따라 이리저리 흩날린다. 키가 작은 여러 종류의 나무들도 싱싱하게 살아 있다. 노란 밀밭 앞쪽에 빨갛게 피어난 조그만 꽃들은 양귀비가 아닐까? 빈센트는 7월이 되면 양귀비꽃을 자주 그리곤 했다.[1·3]

〈사이프러스 나무가 있는 밀밭〉에서 무엇보다 눈길을 사로잡는 것은 흰색, 하늘색, 연보라색, 연한 민트색 등이 어우러진 하늘이다. 동그랗게 소용돌이치는 하얀 구름이 솜사탕처럼 폭신해 보인다. 미풍이 불어오는 밀밭의 풍경은 보사노바 음악에 맞춰 춤추는 사람처럼 경쾌하다. 이 무렵 테오에게 쓴 편지에서 빈센트는 이렇게 묘사했다.

최근에 그린 그림은
사이프러스 나무가 있는 밀밭이야.

1-2 〈사이프러스 나무가 있는 밀밭*Wheat Field with Cypresses*〉
1889, 캔버스에 유채, 73×93.4cm, 메트로폴리탄 미술관

1-3 〈양귀비 꽃밭*Papaverveld*〉
1890, 캔버스에 유채, 82.7×102cm, 헤이그 미술관

양귀비꽃도 그렸어.

하늘은 스코틀랜드 격자무늬 천과 비슷하게 그렸단다.

이 그림은 몽티셀리*의 작품처럼 두껍게 칠했어.

🖋 1889년 7월 2일, 생 레미 드 프로방스에서 테오에게

몽티셀리는 강하고 어두운 색채로 윤곽선 없이 형상을 표현했던 프랑스 화가다. 그의 작품은 마치 시력을 잃은 모네가 그린 수련처럼, 가까이서 보면 형태를 알아보기 어려울 정도로 뭉개져 있다. 물감을 아주 두껍게 칠하는 임파스토impasto 기법을 취해 그림의 질감이 잘 전달된다. 2차원 평면에 그린 그림이지만 물질성이 느껴지는 독특한 작품을 많이 남겼다.

〈공원에서의 세레나데〉는 짧고 강렬한 붓터치와 짙고 무거운 색채가 잘 드러나는 몽티셀리의 대표작이다.[1·4] 〈사이프러스 나무가 있는 밀밭〉을 자세히 들여다보면 빈센트가 몽티셀리 작품의 특징인 임파스토 기법을 여러 군데 사용했음을 알수 있다. 물론 역사적으로 수많은 화가들이 임파스토 기법을 즐겨 썼지만 당시 빈센트는 몽티셀리를 언급하며 자신의 그림이 그의 영향을 받았음을 밝히고 있다. 〈사이프러스 나무가 있

◆ 아돌프 몽티셀리(Adolphe Monticelli, 1824-1886): 프랑스 화가. 윤곽 없이 채색하는 독특한 기법을 구사하여 근대 회화에서 색채의 역할을 한층 더 높였다.

1-4 아돌프 몽티셀리, 〈공원에서의 세레나데*Sérénade dans un parc*〉
19세기경, 캔버스에 유채, 45×70cm, 루브르 박물관

는 밀밭〉을 소장하고 있는 메트로폴리탄 미술관은 관객이 임
파스토 기법을 잘 관찰할 수 있도록 그림을 확대해 고화질로
제공한다. 두꺼운 물감 덩어리가 거의 부조처럼 보인다.[1-2a]

빈센트는 여름에 그린 작품 중 〈사이프러스 나무가 있는 밀
밭〉을 가장 좋아했다. 햇살이 내리쬐는 풍경에 단단히 매료된
것이다. 그리고 이와 똑같은 구도로 세 점의 작품을 더 남겼다.
같은 주제의 그림을 총 네 점 남긴 셈이다. 두 번째 그림은 갈대
펜으로 그린 소묘였다.[1-5] 색채를 완전히 배제하고 흑색 선만을
사용해 담백한 느낌을 준다. 갈대 펜을 둥글게 굴리며 나무와

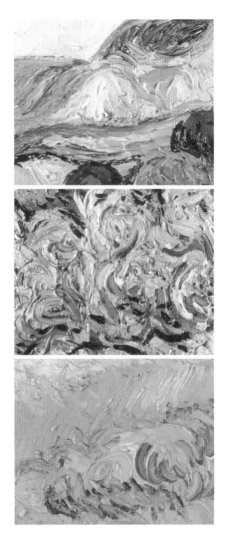

1-2a 〈사이프러스 나무가 있는 밀밭〉 부분

하늘 그리고 밀밭을 그렸다. 유채 물감으로 그렸을 때보다 선의 움직임이 더 세밀하게 보인다.

　세 번째 그림은 영국 런던 내셔널 갤러리에 소장되어 있는 유화이다.[1-6] 빈센트는 1889년 7월 말, 건강이 악화되어 잠시 그림을 멈춰야 했다. 여름이 지나기 전에 밀밭 풍경을 더 그리고 싶었지만 몸이 따라주지 않았다. 아쉬운 마음으로 계절이 흐르는 것을 바라볼 수밖에 없었다. 하지만 다행히 그해 9월 초쯤 건강을 어느 정도 회복하여 다시 작업을 시작한다. 이미 가을이 되었지만 빈센트는 그림 속에 여름의 정경을 최대한 남기고 싶었다. 첫 번째 그림에서 보였던 임파스토 기법은 거의 쓰지 않았다. 오히려 일본 채색 판화를 모작한 작품처럼 전체적으로 평평한 느낌이다. 같은 구도에 비슷한 색채지만 다른 분위기의 그림처럼 보이는 이유다.

　마지막 그림은 앞서 그린 유화보다 작은 사이즈로 제작되었다.[1-7] 이 작품 역시 9월에 그렸지만 7월의 풍경을 반복하고 있다. 빈센트가 첫 번째 그림에서 스코틀랜드 격자무늬 같다고 표현했던 하늘은 이 그림 속에서 훨씬 희미해졌다. 구름의 윤곽이 모호하고 사이프러스 나무의 기세도 한풀 꺾인 것 같다. 왠지 미완성 작품처럼 보이기도 한다. 빈센트는 이 그림을 어머니와 여동생에게 보냈다.

1-5 〈사이프러스 나무가 있는 밀밭〉
1889, 종이에 연필·갈대 펜·펜·잉크, 47.1×62.3cm, 반 고흐 미술관

1-6 〈사이프러스 나무가 있는 밀밭〉
1889, 캔버스에 유채, 72.1×90.9cm, 런던 내셔널 갤러리

1-7 〈사이프러스 나무가 있는 밀밭〉
1889, 캔버스에 유채, 51.5×65cm, 개인 소장

항상 많이 걷고 자연을 사랑하렴.

그것이 예술을 더 잘 이해하는 진정한 방법이야.

화가는 우리에게 자연을 이해하고 사랑하며

제대로 보는 법을 가르쳐준단다.

1874년 1월 초, 런던에서 테오에게

아직 새파랗게 어린 빈센트는 테오에게 자연을 사랑하고 많이 감탄하며 살라고 말한다. 〈사이프러스 나무가 있는 밀밭〉 연작은 화가 지망생이었던 젊은 날의 그가 지녔던 생각이 화가가 되고 십여 년이 지난 뒤에도 바뀌지 않았음을 보여주는 증거다. 그는 무언가를 보고 감동받는 순수한 감정이 중요하다고 믿었다. 삶은 생각보다 다채롭지 않고 일상은 무료할 때가 많다. 하지만 같은 공간 속에서 같은 시간을 보내도 누군가는 지루함을 느끼고 누군가는 행복을 느낀다. 쾌청하게 맑은 하루, 푸른 하늘은 올려다보지도 않는 사람이 있고 날아갈 듯 기분이 좋아서 콧노래를 흥얼거리는 사람이 있다. 청년 빈센트는 무감각한 사람이 되어서는 안 된다는 말을 동생에게 하고 싶었던 것 같다. 아직 그림은 시작도 하지 않았던 젊은 나이에 그것을 깨달았던 걸 보면, 그는 섬세한 감각이 필수인 예술가가 될 숙명이었던 것 아닐까.

지금의 나는 더 이상 CD 플레이어를 꺼내지 않는다. 매일 매일 수없이 쏟아지는 신곡들을 핸드폰 어플에서 손쉽게 찾아 들을 수 있으니까. 어제 들은 곡을 오늘 더 이상 듣지 않을 때도 허다하다. 나의 마음은 그렇게 스쳐 지나가는 노래들 속에 오래 머물지 않는다. 비단 노래뿐일까. 세상엔 멋지고 좋은 것이 너무 많고 우리는 편리하게 그것들을 취할 수 있는 시대에 살고 있다. 점점 더 무언가에 전율하고 감응하기 어려워진다. 그래도 누구나 한때는 어떤 것에 깊이 빠져본 적이 있을 것이다. 나 역시 그랬으니까. 천천히 얻는 것이 점점 적어지는 요즘, 나는 나를 진심으로 흔드는 것들이 그립다. CD 더미에 가득 내려앉은 먼지를 손으로 쓸며 그 옛날 자주 들었던 〈텐덜리〉를 흥얼거려 본다.

Your arms opened wide and closed me inside
당신은 나를 당신의 넓은 팔로 감싸 안고
You took my lips
내 입술을 가져갔어요
you took my love so tenderly
내 사랑을 가져갔어요, 그렇게 부드럽게

2장

나는 고독 속에서
찬란한 것을 꿈꾸지

Vincent van Gogh

나는 고독 속에서 큰 소리로 말하곤 해.

그리고 고독 속에서 찬란한 것을 꿈꾸지.

지인들은 가끔 내가 글을 쓰는 게 신기하다고 말한다. 사람들 만나는 걸 좋아하고 밖으로 돌아다니는 걸 즐기는 사람이 어떻게 꾸준히 앉아서 글을 쓰느냐고. 친한 친구들조차 그렇게 말할 때가 있어서 나도 한번 곰곰이 생각해 본 적이 있다. 요즘 유행하는 성격 검사에서 늘 '외향적'이라고 나오는 걸 보면 지인들이 느끼는 부조화가 영 근거 없는 소리는 아닌 것 같다. 하지만 그들이 잘 모르는 사실이 있다. 나는 사람들과 어울려 지내고 새로운 장소에 가는 걸 좋아하지만 한편으로는 혼자만의 시간이 반드시 필요한 사람이기도 하다는 걸. 어릴 때부터 그랬었다. 신나게 놀고 들어와 방에서는 혼자 음악을 듣거나 책을 읽었다. 머릿속에 떠도는 생각들을 노트에 써 내려가기도 하고 때로는 아무것도 하지 않고 침대에 누워 창밖에 흘러가는 구름들을 멍하니 보기도 했다.

그 시간늘 속에서 나는 타인이 보는 내가 아닌, 내가 보는 나를 만났다. 겉으로는 숨기고 있는 나의 모습, 나를 사로잡고 있는 생각들, 두려움, 남들에겐 말하지 못하는 상상들. 나는 혼자 있는 시간을 통해 사회적으로 항상 쓰고 생활하는 가면을 벗고 진짜 나를 만날 수 있었다. 지금까지도 이 시간들은 충실히 이어지고 있다. 나이가 들수록 만나야 할 사람들과 의무적으로 해야 할 일들이 늘어난다. 그래서 이제 혼자만의 시간은 반드시 지켜내야 하는 일과 중에 하나가 되었다. 그 순간들이 차곡차곡 쌓여 나만의 시각으로 생각하고 글을 쓸 수 있는 힘을 만들어준다. 11월의 비 오는 화요일 오후, 슈베르트의 〈세레나데Serenade〉를 들으며 이 글을 쓰고 있는 지금도 나는 완전히 혼자이지만 외롭지 않다.

　사회학자 어빙 고프먼은, 인간은 혼자만의 시간을 통해 가면persona을 벗고 재충전의 시간을 가진다고 말했다. 하지만 현대 사회에서 '혼자 있는 것'은 그다지 긍정적인 이미지가 아니다. 사회적으로 잘 적응하지 못하고 뒤처져 있다는 인식을 담고 있기 때문이다. 소위 말하는 '인싸' '아싸'의 구분도 무리지어 어울리느냐 혼자 있느냐의 차이에서 온다. 이는 중요한 키워드다. 유행을 만들어내고 그것에 민감한 이들이 문화적인 흐름을 주도하기 때문이다. '고독'은 선택지에 없다. SNS에는 친구들과 좋은 곳에서 맛있는 것을 먹으며 모임을 가지는 사진들이 넘쳐나고 유명 연예인들로부터 시작된 챌린지를 따라하는 짧은 동영상이 쉴 새 없이 돌아다닌다. 대중은 그들을 '인싸'라고 부른다. 군중 속에서 우리는 홀로 동떨어질지도 모른다는 불안감을 잊는다. 하지만 정작 그 속에서 나를 잃어간다는 사실은 까맣게 잊고 있다. 사회적 관계가 지나치면 자기 생각이 없어진다. 자신만의 길을 찾으려면 혼자 있는 시간을 기꺼이 받아들여야 한다. 고독을 견뎌야 하는 것이다. 20세기를 대표하는 작가 헤밍웨이는 단골 술집에서 홀로 글을 썼다. 글을 다 쓰고 나면 생굴 한 접시와 백포도주 반병을 마셨다. 그게 아니라면 서점에 가서 책을 읽거나 공원을 걸었다. 스티브 잡스는 애플 초창기 시절부터 매일 한 시간씩 명상을 했다. 명상을 해 본 이라면 알 것이다. 두 눈을 감고 내면과 마주하는 시간은 5분조차 지겹게 느껴진다. 한 시간은 웬만한 인내로는 견뎌내기 힘든 시간이다. 헤밍웨이와 스티브 잡스는 고독 속에서 위대한 성취를 이뤘다.

나는 고독 속에서 큰 소리로 말하곤 해.
그리고 고독 속에서 찬란한 것을 꿈꾸지.

빈센트만큼 고독했던 예술가가 있을까. 그는 외로울 수밖에 없는 운명이었다. 부모님과 관계가 좋지 않았고 사랑에는 모두 실패했으며 함께하길 원했던 동료 화가들에게도 소외되었다. 빈센트의 편지들을 읽고 그에 대해 더 알아갈수록 그가 사람들과 편안하게 어울리기 힘든 성격의 소유자라는 걸 알게 되었다. 그는 고집이 셌고 자신만의 시각과 믿음이 확고했다. 보통 사람들은 그런 성격일지라도 적당한 가면을 쓰고 사회에 적응해 나간다. 하지만 빈센트는 그럴 생각이 없었다. 그에겐 사회적인 가면이라는 것이 처음부터 어울리지 않았다.

그래서인지 빈센트는 혼자 숲을 거닐고 혼자 밥을 먹는 것에 익숙했다. 작은 방, 낡은 책상에 앉아 길고 긴 편지를 거의 매주 써 내려가는 것이 지루하지 않았다. 담배를 피우며 거울에 비친 자신의 얼굴을 자세히 관찰하는 것도, 그 얼굴을 캔버스에 그리기 위해 몇 시간이고 작업에 매달리는 것도 괴롭지 않았다. 빈센트는 그런 사람이었다. 고독 속에서 자신이 하고 싶은 말을 크게 외치고, 찬란한 것을 꿈꿨다.

그의 작품 활동 내내 꾸준히 등장하는 주제가 바로 '혼자 있는 사람'이다. 도무지 글이 써지지 않고 머리도 잘 돌아가지 않던 며칠 전의 주말, 카페에 앉아 빈센트의 모든 작품을 천천히 훑어봤다. 총 1,931점이었다. 마치 세계 지도를 펼쳐놓고 보는 것 같은 기분. '빈센트' 하면 떠오르는 유명한 작품들은 전체 그림에 비해 정말 몇 되지 않았다. 〈별이 빛나는 밤〉, 〈해바라기〉, 〈사이프러스 나무〉 등 색감이 선명하고 필치가 강렬한 그림들은 특정 시기에 몰려 있었다. 그를 제외한 그림들은 대부분 분위기가 어둡고 색채가 칙칙했다. 빈센트 작품 속 인물

중 여럿이 모여 즐거운 시간을 보내는 이는 아무도 없었다. 혼자 땅에 씨앗을 뿌리거나, 바느질을 하거나, 작물을 수확하거나, 산책하는 이들이 대부분이었다.

〈하얀 옷을 입은 숲속의 소녀〉 또한 그중 하나다.[2-1] 원피스를 입고 모자를 쓴 소녀가 둥치가 큰 나무에 손을 짚고 우리 쪽을 바라본다. 표정은 보이지 않는다. 가을이 완연한 숲속, 소녀는 낙엽을 밟으며 홀로 있다. 그녀는 무슨 생각을 하며 걸었을까. 빈센트는 숲에서 정말 소녀를 만난 적이 있는 걸까. 빈센트는 이 그림을 그린 후에 테오에게 편지를 보낸다.

　마른 나뭇잎으로 덮인 땅 위에
　커다란 녹색 너도밤나무가 있어.
　그 아래에 하얀 옷을 입은 소녀가 있지.
　숲속의 나무 냄새가 그림에서 느껴졌으면 했는데
　쉽지 않더구나.

　　　　　🖊 1882년 8월 20일, 헤이그에서 테오에게

또 다른 작품 〈숲속의 소녀〉 속 주인공 역시 홀로 있다.[2-2] 뿌리가 굵은 거대한 나무 아래에 검은 옷을 입고 흰 모자를 쓴 소녀가 고개를 약간 숙인 채 서 있다. 〈하얀 옷을 입은 숲속의 소녀〉보다 물감을 매끄럽고 진하게 칠했다. 갈색 톤의 명암을

2-1 〈하얀 옷을 입은 숲속의 소녀*Meisje in het bos*〉
1882, 캔버스에 유채, 37×58.8cm, 크뢸러 뮐러 미술관

달리해 나무와 낙엽 깔린 땅을 표현했다. 그래서인지 색채 사이에 이질감이 없고 편안하다. 곧게 뻗은 나무들 사이로 좁은 오솔길이 보인다. 그림 뒤로 빽빽이 늘어선 나무 기둥으로 밝은 햇빛이 군데군데 비친다. 아직 숲속 전체로 쏟아지지는 않는 빛이다. 소녀가 서 있는 나무 아래는 여전히 고요하게 가라앉아 있다. 소녀는 혼자 산책하기에는 어려 보인다. 조그만 몸집을 고독이 감싸고 있다.

자신이 몰두하고 있는 어떤 분야에
좀 더 깊이 들어가기 위해서는
고독이 필요하단다.

🖋 1880년 6월 22일과 24일 사이, 쿠스머에서 테오에게

빈센트는 어쩔 수 없이 고독한 삶을 살아야 했지만 동시에 예술을 위해 혼자 있는 시간이 중요하다는 사실을 잘 알고 있었다. 다른 사람들이 이러쿵저러쿵하는 이야기는 별 도움이 되지 않았다. 결국 자신만의 화풍을 발전시키기 위해서는 타인의 판단이 아닌 본인의 생각이 중요했다. 빈센트는 외로운 삶을 자발적으로 택한 적이 없지만 역설적으로 이런 삶은 독보적인 예술가가 될 수 있는 길을 마련해 주었다.

2-2 ⟨숲속의 소녀*Meisje in het bos*⟩
1882, 캔버스에 유채, 35×47cm, 개인 소장

테오야.

누군가 내 그림이 너무 성의 없다거나

빨리 그려졌다고 평가한다면

당신들이 그림을 급하게 본 것이라고 대답해 주렴.

✒ 1888년 7월 1일, 아를에서 테오에게

빈센트는 테오에게 이렇게 말했다. 자신의 그림을 평가하는 사람들에게 휘둘리기 싫었던 것이다. 물론 사람들의 평가는 중요하다. 그 평가를 통해 내가 지금 어디쯤 와 있는지 짐작할 수 있기 때문이다. 하지만 평가에 연연하지 않고 끝까지 자기의 것을 고수하고 발전시켜 나갈 때 창의적인 무언가가 탄생한다. 밀레를 흉내 내며 그렸던 그림도 시간이 지나며 빈센트의 것이 되었듯이.

방직공이 커다란 기계 뒤에서 묵묵히 작업하고 있다.[2-3, 4] 뉘넌에서 생활했던 시기, 빈센트는 그곳의 직공들에게 매료되었다. 그들은 가난했고 생계를 이어가기 위해 매일 일해야 했다. 당시 네덜란드에서는 기술이 발전하면서 직조 등의 가내 산업이 도시와 공장으로 이전되고 있었다. 농촌에 있는 소수의 가내 수공업만이 명맥을 유지했다. 빈센트는 1884년에 그린 이 작품들을 포함해 방직공을 주제로 총 열여섯 점의 그림을 남겼다. 방직 기계를 원근법에 따라 정확히 표현하기 위해 직

2-3 〈방직공Weaver〉, 1884, 캔버스에 유채, 62.5×84.4cm, 보스턴 미술관
2-4 〈방직공〉, 1884, 종이에 연필·수채·펜·잉크, 35.5×44.6cm, 반 고흐 미술관

접 개발한 큰 나무틀을 참고하기도 했다.[2-5]

방직공은 일을 끝마치기 전까지는 기계 속에서 나오지 않았다. 누구와도 대화하지 않고 오직 홀로 일했다. 직물 하나를 완성하기까지 수많은 시간을 쏟았다. 무뚝뚝한 얼굴로 일하고 있는 방직공의 모습에서 빈센트가 겹쳐 보인다. 방직공과 빈센트의 일은 누가 도와줄 수도 없고 본인이 정한 방식대로 마지막까지 끌고 나가야 했다. 결과는 그 시간을 어떻게 보냈느냐에 달려 있다. 고독을 견디지 못해 포기해 버린다면 아무것도 남지 않는다. 짜다 만 직물은 아무짝에도 쓸모가 없고 중도에 그만둔 그림은 의미가 없다. 빈센트는 무언가에 몰두하려면 고독이 필요하다고 말했다. 방직공도 마찬가지다. 빈센트가 방직공을 유심히 관찰하고 여러 번 그린 것은 그들의 모습에서 동질감을 느꼈기 때문일 것이다.

조용한 방 안에서 젊은 여인이 뜨개질을 하고 있다.[2-6] 처음 보았을 때 빈센트의 그림이라고는 생각지도 않았을 만큼 차분하고 정적인 분위기다. 제임스 애벗 맥닐 휘슬러의 대표작 〈화가의 어머니의 초상〉과 어딘지 닮았다.[2-7] 두 그림 모두 침묵이 가득한 방에 앉아 있는 여인을 그렸다.

빈센트의 〈뜨개질하는 젊은 여자〉에서 여인은 입을 다물고 상념에 잠겨 있는 듯하다. 이목구비는 뚜렷하지 않다. 흰 두건을 쓴 목덜미가 하얗게 빛난다. 빈센트는 뜨개질하는 여인의

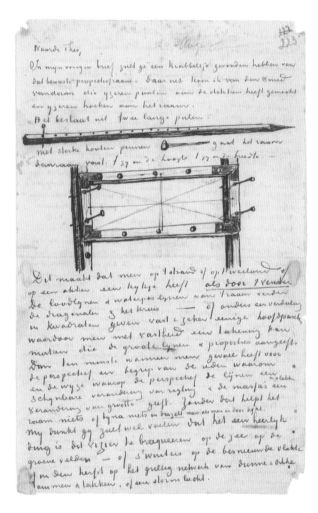

2-5 빈센트가 편지에 스케치한 나무틀
1882년 8월 5일 혹은 6일, 헤이그에서 테오에게

그림을 많이 남겼다. 그중에서도 이 그림은 고독을 가장 잘 보여주는 작품이 아닌가 싶다. 저 여인은 어쩔 수 없는 이 고독이 몸서리칠 만큼 싫을지도 모른다. 수더분한 옷 아래에는 적막을 깨고 활력이 넘치는 세상으로 나가고 싶은, 열정으로 가득 찬 가슴이 뛰고 있을지 모른다. 흥미롭게도 현대인의 관점으로 본 이 그림들은 평온을 준다. 깊은 고요함이 부럽기도 하다. 우리는 무리의 일원으로 살아야 하는 스트레스에 지쳐 조용한 곳을 일부러 찾아가곤 한다. 만일 저 그림 속 배경 같은 곳에서 좋아하는 음악을 들으며 책을 읽거나 그림을 그린다면 스트레스가 홀홀 사라질 것 같다.

　반면 혼자 있는 시간을 두려워하는 이들도 많다. 지인 중에서도 조금의 틈만 생기면 친구를 부르고 함께 있어야 안심이 된다고 하는 이들이 있다. 그들은 언제나 주변 사람들과 연결되어 있고 싶어 하며, 통화를 하거나 문자를 해서라도 혼자인 시간을 가만두지 않으려 한다. 하지만 많은 사람들 틈에 있다고 해서 외롭지 않은 건 아니다. 혼자 있어도 공허하지 않을 수 있듯이. 빈센트는 이렇게 고백한다.

　나는 종종 엉망진창이 될 때가 있어.
　하지만 내 안의 소리에 귀 기울여 보넌
　여전히 차분하고 순수한 화음과 음악을 들을 수 있지.

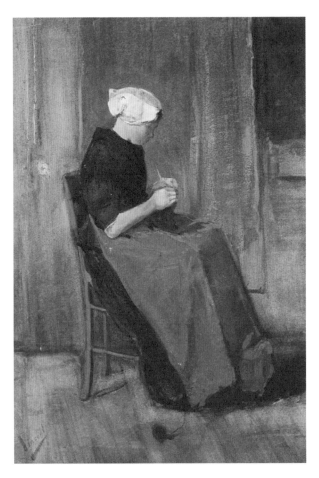

2-6 〈뜨개질하는 젊은 여자*Jong Vrouw Breien*〉
1881, 캔버스에 수채, 51×35cm, 반 고흐 미술관

2-7 제임스 애벗 맥닐 휘슬러, 〈화가의 어머니의 초상*Portrait of the Artist's Mother*〉
1871, 캔버스에 유채, 144×162cm, 오르세 미술관

가장 가난하고 작은 집에서,

가장 더러운 구석에서,

나는 그림을 본단다.

그리고 내 마음은 거부할 수 없는 충동과 함께

그 방향으로 향하게 돼.

✒ 1882년 7월 21일, 헤이그에서 테오에게

빈센트는 홀로 있을 때 자신의 내면에 귀를 기울여 보라고 우리에게 조언한다. 순수한 음악이 들려오는 마음의 소리에 집중해 보라고 말이다. 그곳에서 우리는 두려움과 공허보다는 진정한 나와 마주할 수 있다. 내가 진실로 원하는 것을 찾고, 찬란하게 빛나는 것을 꿈꿀 수 있다.

어느새 해가 지고 하늘이 어두워졌다. 겨울이 깊어갈수록 하루가 뭉텅뭉텅 짧아진다. 틀어놓았던 음악은 몇 번을 반복해서 듣다가 잠시 꺼두었다. 작고 조용한 방에서 나는 빈센트의 편지를 뒤적이고 화집을 이리저리 펼쳐본다. 오롯이 혼자인 시간이 이제 끝나간다. 겨울 밤의 분위기에 맞는 다른 음악을 찾아봐야겠다.

3장

사랑한다는 것은
얼마나 대단한 일인지!

Beste broer,   Last October 81 nov   156

Uw brief heb ik ontvangen. Doch meen dat die alleen antwoord
is op No 1 van de mijnen.

...

사랑한다는 것은 얼마나 대단한 일인지!

다시 스무 살로 돌아갈 수 있다 해도 돌아가고 싶지 않다. 지난 추억은 모두 각색되고 편집되어 아름답게 남는다지만 이상하게 그 시절은 내게 힘든 시간들로 기억된다. 갑자기 어른이 되었고 많은 자유가 주어졌다. 하지만 그렇게 주어진 것들을 어떻게 사용해야 하는지는 전혀 몰랐다. 아주 좋은 카메라를 선물 받았지만 설명서가 없어 막막한 그런 기분. 상자 속에 담긴 멋진 카메라를 바라만 봐야 하는 심정과 비슷했다. 그럼에도 시간이 지나면서 나는 어설프게나마 청춘을 사용하는 법을 터득해 갔다. 온통 시행착오뿐이었던 날들. 그래서 나는 그 시간들이 무사히 지나가 이미 과거가 된 것에 안도한다. 그런데 요즘은 이따금 생각한다. 한 번쯤은 스무 살 무렵의 나로 돌아가 보고 싶다고. 딱 한 가지, 꼭 해보고 싶은 것이 있기 때문에.

　　바로 최선을 다해 사랑해 보는 것. 그 대상이 사람이든 물건이든 무형의 무엇이는 상관없다. 신심을 나해 어떤 것을 좋아하고 사랑하고 그 때문에 혹여 상처받는다 해도 온 마음을 쏟아보고 싶다. 이십 대의 나는 어쩐지 미적지근했다. 좋아하는 것도 별로 좋아하지 않는 것처럼 행동했고, 마음을 온전히 내어놓는 것을 두려워했다. 몰입하지 못했다. 언제나 표면 위에 어정쩡하게 머물러 있었다. 그러니 결코 '진짜'와 마주할 수 없었다. 표류하는 마음은 허무하게 이리저리 떠돌다 시답잖은 것에 잠시 머물렀다 떠나길 반복했다. 그 시절의 나를 만날 수 있다면 다른 어떤 것도 중요하지 않으니 최선을 다해 사람을, 사물을, 순간을 열정적으로 사랑해 보라고 말해주고 싶다. 만일 내가 그것을 그때 알았더라면 내 인생은 지금과 많이 달랐을 것이다.

그래서일까. 나는 진심을 다해 어떤 대상에 몰입하는 무언가를 볼 때면 걷잡을 수 없이 빠져든다. 모든 것을 바쳐 사랑하는 연인들에 관한 이야기, 무엇과도 바꿀 수 없는 우정에 관한 이야기들. 영화 〈브로크백 마운틴*Brokeback Mountain*〉의 잭과 에니스가 나눈 유일하고 숭고한 사랑은 여전히 나를 일깨우고, 에밀 졸라의 소설 『테레즈 라캥*Thérèse Raquin*』에서 죽어야만 비로소 끝이 나는 지독한 사랑을 보여준 테레즈와 로랑은 내 가슴에 알 수 없는 불을 지피곤 한다.

분명 사랑한다는 것은 아름다운 일이다. 빈센트는 스물여덟에 사촌 여동생 키보스*Kee Vos-Stricker*를 사랑하게 된다. 부모님을 뵙기 위해 네덜란드 남부의 에텐에 방문한 그는 마침 그

곳에 머물고 있던 키보스에게 한눈에 반한다. 키보스는 남편과
사별한 지 얼마 되지 않은 미망인이었다. 평범한 여자였지만
빈센트의 눈에는 청초하고 아름다운 여인으로 보였다. 빈센트
는 그녀에게서 설명할 수 없는 친밀함을 느낀다. 그는 키보스
를 향한 열렬한 사랑을 테오에게 털어놓는다.

　　이번 여름동안 나는 키보스를 너무 사랑하게 되었어.
　　'키보스는 나와 가장 가까운 사람이고
　　나 또한 그녀와 가장 가까운 사람'이라는 것 외에
　　다른 말로는 이 감정을 설명할 수 없구나.
　　나는 그녀에게 이런 내 마음을 고백했어.

　　　　　　　　　　　　✎ 1881년 11월 3일, 에텐에서 테오에게

　　하지만 키보스는 막무가내로 사랑을 표현하는 사촌 오빠에
게 어떠한 호감도 없었다. 그녀는 단호하게 거절한다. 아니, 절
대, 절대로 안 돼요No, nay, never. 빈센트는 그래도 포기할 생각이
없었다. 오히려 그는 이 시련이 자신의 사랑을 더욱 굳건히 만
들 것이라 확신했다.

　　테오, 너도 사랑에 빠져본 적 있지 않니?
　　사랑은 불행을 가져오지만 그래도 상관없단다.

때로 황량한 지옥에 있는 것 같지만 괜찮아.

사랑에는 세 가지 단계가 있어.

첫째, 사랑하지도 않고 사랑받지도 않는 단계.

둘째, 사랑하지만 사랑받지 못하는 단계.

셋째, 사랑하고 사랑받는 단계.

내가 원하는 건 당연히 세 번째야!

그리고 이렇게 덧붙인다.

만약 네가 사랑을 거절당한다 해도

아니, 절대, 절대로no, nay, never 체념하지 마라!

빈센트의 강한 의지에도 사랑은 싹조차 틔우지 못했다. 구애가 계속될수록 키보스의 마음은 더 굳게 닫혔다. 이루어질 수 없는 사랑은 얼마나 큰 상처를 주는지. 그녀의 거절은 빈센트에게 긴 고통으로 남았다.♦ 그럼에도 그는 테오에게 말했다.

♦ 키보스에게 거절하고 2년이 지난 뒤에도 빈센트는 이 사건을 잊지 못했음을 테오에게 털어놓는다. 1883년 8월 17일 헤이그에서 테오에게 쓴 편지에서 이렇게 말한다. "그때의 사건은 내게 치유할 수 없는 상처를 남겼어."

사랑한다는 것은 얼마나 대단한 일인지!

빈센트는 상대의 마음을 헤아리지 않고 돌진하는 서툴고 투박한 성격 때문에 번번이 사랑에 실패했다. 하지만 그는 계속되는 실패에도 두려움 없이 사랑할 줄 아는 사람이었다. 사랑은 신기한 힘을 가졌다. 기쁨으로 날아갈 것 같다가도 슬픔으로 세상을 잃은 듯 괴로워지기도 한다. 사랑에 빠진 사람의 마음은 폭풍우가 예고 없이 불어오는 바다와 같다. 잔잔하던 마음이 매섭게 휘몰아치기도 하는 것이다.

1890년에 그린 〈숲속의 두 사람〉은 독특한 분위기로 가득하다.[3·1] 보랏빛이 감도는 포플러 나무가 풍경을 수직으로 가로지르고 있다. 곧게 뻗은 빽빽한 나무 아래로는 싱그러운 풀잎과 노란색, 흰색, 주황색 꽃들이 가득히 피어 있다. 빈센트 작품 속에 자주 등장하는 불타는 노란색이 아닌 흰색이 섞인 부드러운 노란색이 고요하게 일렁인다. 카펫처럼 깔려 있는 꽃밭 위로 두 사람이 보인다. 검은 정장을 말쑥하게 차려입고 검은 모자를 쓴 키 큰 남자와 그 곁에 연두색 드레스를 입은 여자. 나란히 선 모습에서 두 사람이 연인임을 짐작할 수 있다. 마치 웨딩사진 같기도 하다. 그런데 지금까지 묘사한 것과는 달리 그림의 전체적인 인상은 밝지 않다. 묘하게 어둡고 우울한 분위기가 감돌고 있기 때문이다.

3-1 〈숲속의 두 사람*Undergrowth with Two Figures*〉
1890, 캔버스에 유채, 49.5×99.7cm, 신시내티 미술관

저 멀리 숲의 끝은 검게 물들어 있다. 숲속으로 계속 걸어 들어가면 암흑이 펼쳐질 것만 같다. 이 그림은 이미 해가 지고 어둠이 몰려드는 밤을 배경으로 하고 있는 걸까? 그렇게 추측하기에는 그림 속 나머지 부분이 한낮처럼 밝다. 두 사람의 표정이 전혀 보이지 않기 때문에 그들이 행복한지 불행한지 알 수 없다. 미지의 숲속에서 꼭 붙어 있는 두 사람. 어떤 상황 속에서도 서로만 있다면 두렵지 않다는 굳센 믿음. 노랗게 피어난 꽃밭에서 팔짱을 끼고 서 있는 두 사람은 어둠이 밀려오는 숲에서도 꼿꼿하다. 마치 그 어둠에 맞서기라도 하듯. 사랑은 어떤 고난도 이길 수 있다 했던가. 빈센트가 상상한 사랑은 이런 모습이었던 것 같다.

빈센트는 친밀한 두 사람이 등장하는 그림을 여러 번 그렸다. 불친절한 표정으로 정면을 노려보는 빈센트의 자화상에 익숙했던 이들이라면 그의 작품 속에 이토록 서정적이고 부드러운 세계가 존재한다는 사실이 낯설지도 모른다. 사랑이 가득한 그의 그림은 왠지 모순 같지만 그래서 더 달콤하다.

1882년 10월 8일, 빈센트가 헤이그에서 테오에게 보낸 편지에 동봉한 스케치다.3·2 봄이 물밀 듯이 밀려온 과수원에서 시골 부부가 마주보고 서 있다. 가까이 몸을 붙이고 둘은 무슨 이야기를 하는 걸까. 넉넉한 풍채의 두 사람에게서 여유가 느껴진다. 어김없이 봄은 찾아왔고 이제 과일이 탐스럽게 익기를

3-2 〈두 부부가 있는 봄의 과수원*Bloeiende boomgaard met paartje: lente*〉
1882, 종이에 수채·펜·잉크, 5.8×10.6cm, 반 고흐 미술관

기다리기만 하면 된다. 향긋한 꽃향기가 수채 물감을 타고 종이에 배어 있을 것만 같다.

　이 작품 속 연인은 젊고 애틋하다.[3-3] 푸른 전나무가 있는 공원을 산책하는 두 사람은 아무 말 하지 않아도 설렘을 느끼는 연애 초반의 커플 같다. 아직 손을 잡은 자세가 조금 어색해 보인다. 남자는 재밌는 말을 생각해 내느라 모자 아래로 식은땀을 흘리고, 그런 남자를 보는 여자는 그 모습이 어설퍼 웃음이 난다. 풀 냄새로 가득한 고요한 공원을 몇 바퀴나 걸었지만 전혀 지루하지 않다. 서로가 있으니 다른 건 필요 없다. 평범하고 소소하지만 애정으로 가득한 시간은 우리를 얼마나 들뜨게 하는지. 노란색 밀짚모자를 쓴 남자는 어쩐지 빈센트와 닮았다. 하지만 그는 한 번도 연인과 이런 데이트를 해본 적이 없었다.

　다른 그림을 볼까. 빈센트는 이 아름다운 풍경을 '연인이 있는 정원'의 그림이라고 불렀다.[3-4] 사랑에 빠진 연인들이 봄날의 정원에서 오붓한 시간을 보내고 있다. 풋풋한 나무 아래로 좁게 난 오솔길은 가장 비효율적인 길이다. 구불구불 휘어 있으니 급한 사람은 저 길을 따라 걷지 않을 것이다. 하지만 연인들은 아무렴 상관이 없다. 어차피 목적지는 없으니까. 화창한 오후, 따스한 햇살이 내리쬐는 정원은 사랑의 열기로 달아올랐다. 빨간 양산을 쓰고 벤치에 앉은 커플은 두 손을 맞잡고 서로를 바라본다. 빈센트는 점묘법을 활용해 그림 전체에 경쾌한

3-3 〈푸른 전나무가 있는 공원과 연인*Jardin public avec un couple et un sapin bleu*〉
1888, 캔버스에 유채, 73×92cm, 개인 소장

3-4 〈연인이 있는 정원: 생 피에르 광장*Tuin met geliefden: Square Saint-Pierre*〉
1887, 캔버스에 유채, 75×113cm, 반 고흐 미술관

분위기를 담아냈다. 남자의 흰 셔츠와 여자의 검은 드레스 위로 하얀 햇빛이 점점이 비친다. 그러고 보니 흰 셔츠를 입고 밀짚모자를 쓴 이 남자, 역시 빈센트를 닮았다.

빈센트가 그린 침대에는 언제나 두 개의 베개가 있다.[6-1] 한 명이 눕기에도 좁은 싱글 침대에 가지런히 놓인 베개 두 개. 아침에 눈을 떠도 여전히 그는 혼자였지만 이 그림은 우리를 착각하게 만든다. 분명 두 사람이 저 침대에 함께 누워 사랑을 속삭이지 않았을까? 움푹 파인 베개와 흐트러진 이불은 따뜻했던 지난밤을 상상하게 한다.

어느 날, 죽을 것 같은 공포에 압도당한 적이 있어.
그때 나는 이렇게 생각했단다.
사랑하는 여자 없이는 살 수 없다고.
무한한 것, 깊은 것, 진짜가 없다면
그림 따위는 신경 쓰고 싶지 않다고.

✐ 1881년 12월 23일, 에텐에서 테오에게

빈센트는 진심으로 사랑을 원했다. 하지만 그토록 갈구했던 사랑은 손가락 사이의 모래처럼 부질없이 흩어지는 꿈에 불과했다. 그래서 테오가 결혼을 한다는 소식을 들었을 때 빈센트는 기쁘지만 한편으로는 헛헛한 기분에 사로잡혔다. 자신은 결코 가질 수 없는 것을 가까운 누군가는 당연하다는 듯 가지게 됐을 때 느끼는 허무함 때문이었다. 그러나 이내 그 쓰라린 감정을 접어두고 곧 태어날 조카를 위해 사랑이 듬뿍 담긴 그림을 그린다.

　빈센트는 감정에 솔직한 사람이었다. 바보처럼 낭만적인 사람이기도 했다. 순간에 집중하고 그 순간을 함께하는 사람에게 진심을 다해 내 마음을 보여주는 것은 용기가 필요한 일이다. 그래서 나는 더욱 이 문장에 끌린다. 사랑한다는 것은 얼마나 대단한 일인지!

4장

분명 언젠가는
내 그림이 팔릴 게다

1882년 1월 21일, 헤이그에서 테오에게

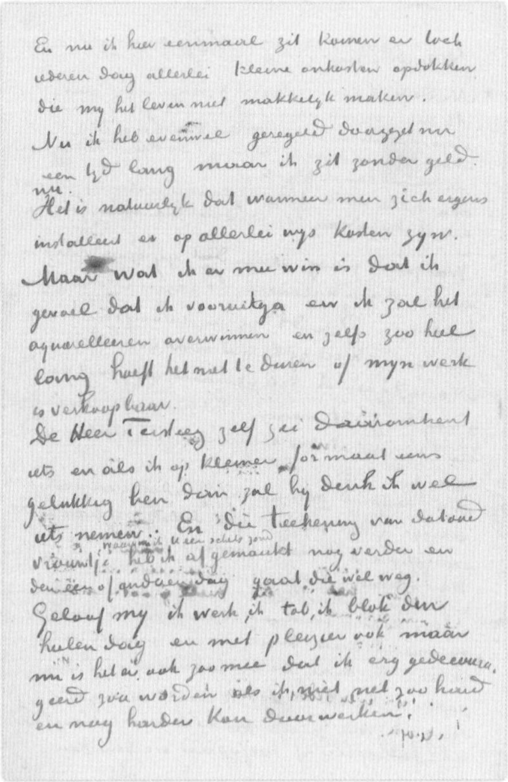
En nu ik hier eenmaal zit komen er toch
iederen dag allerlei kleine onkosten opdokken
die my het leven niet makkelijk maken.
Nu ik heb evenwel geregeld daarzelf nu
een tijd lang maar ik zit zonder geld
nu.
Het is natuurlijk dat wanneer men zich ergens
installeert er op allerlei wijs kosten zijn.
Maar wat ik er mee win is dat ik
gevoel dat ik vooruitga en ik zal het
aquarelleeren overwinnen en zelfs zoo heel
lang hoeft het niet te duren of myn werk
is verkoopbaar.
De Heer Tersteeg zelf zei daaromtrent
iets en als ik op kleiner formaat eens
gelukkig ben dan zal hy denk ik wel
iets nemen. En die teekening van dat oud
vrouwtje heb ik afgemaakt nog verder en
een dezer dagen gaat die wel weg.
Geloof my ik werk, ik tob, ik blok den
heelen dag en met pleizier ook maar
nu is het er ook zoo mee dat ik erg gedecourra-
geerd zou worden als ik niet net zoo hard
en nog harder kon doorwerken.

그동안 작업했던 그림의 스케치를 동봉한다.

몸집이 조그만 노파를 그린 거야.

분명 언젠가는 내 그림이 팔릴 게다.

"분명 언젠가는 내 그림이 팔릴 게다." 빈센트는 동생에게 이렇게 호언장담했다. 본격적으로 그림을 그리기 시작한 것이 1880년이니 이 편지를 쓸 때 그는 애송이 화가에 불과했다. 무엇이든 처음 시작할 때 우리는 희망에 부풀곤 한다. 왠지 잘될 것 같은 기분에 마음이 들뜬다. 그렇게 빵빵하게 차올랐던 희망은 시간이 지날수록 조금씩 바람이 빠진다. 현실은 이상과 자꾸만 부딪히고 결과는 노력한 만큼 나오지 않기 때문에. 그맘때쯤 포기하고 싶다는 생각이 스멀스멀 기어오르기 시작한다. 이 정도면 됐지 뭐. 어차피 해봤자야. 그만두기 위한 합당한 이유를 계속해서 찾는다. 반면 누가 뭐라든 자신의 길을 걷는 이도 있다. 손에 잡힐 듯 잡히지 않는 목표를 향해 부단히 나아가는 것은 보통 의지로는 힘든 일이다.

주변의 이야기나 시선 따위는 신경 쓰지 않고 오로지 자신에게 집中하는 사람들이 있다. 나는 그런 사람들을 쉽게 평가했었다. 도대체 뭘 믿고 저렇게 고집을 부리는 거야? 나에게 피해를 주는 것도 없는데 그냥 못마땅했다. 돌이켜보면 나는 그들의 단단함을 질투했던 것 같다. 쉽게 방황하고 주변 사람들의 이야기에 잘 흔들리고, 기대로 가득 찼던 가슴이 금세 불안으로 물들곤 했던 내게 저들의 단단함은 부러움의 대상이었다. 닮고 싶고 갖고 싶지만 언제나 저만치 앞선 허상 같았다. 나는 지금까지 얼마나 많은 꿈을 버리며 살아왔을까? 스스로 단념해 버린 희망은 셀 수 없이 많다. 한때 반짝였던 그 희망들은 이제 불 꺼진 가로등처럼 마음속 어딘가에 쓸쓸히 서 있을 것이다.

화가가 되기로 결심하고 붓을 들었을 때 빈센트의 나이는 스물일곱이었다. 서른에 가까운 나이까지 그는 방황했다. 어떤 길을 걸어가야 할지, 무엇에 몰두해야 할지, 어떻게 살아야 할지 오랫동안 고민했다. 빈센트가 살던 시대도 지금 우리네 시대와 그리 다르지 않았다. 탄탄한 직장에 들어가 안정적인 보수를 받고 결혼을 하고 아이를 낳아 행복하게 사는 것이 대부분 젊은이들이 원하는 삶이었다. 누군가는 평범한 삶이라 말하는 그것이 다른 누군가에게는 평생을 노력해도 얻지 못하는 꿈에 불과했다. 빈센트는 늘 그런 인생을 원했지만 아무것도 이룰 수 없었다. 돈을 벌길 바랐지만 늘 궁색했고, 사랑을 꿈꿨지만 감정적 교류를 나누는 깊은 사랑을 해본 적이 없었다.

그런 빈센트가 왜 희망을 잃지 않았는지 궁금했다. 어떻게 테오에게 자신에 가득 찬 이야기를 할 수 있었는지 잘 이해가 되지 않았다. 그런데 계속해서 빈센트의 말을 곱씹다 보니 숨겨진 이야기가 보였다. '분명' '언젠가는'이라는 단어들은 지금은 그렇지 않지만 불확실한 미래에 그렇게 되기를 바라는 막연한 감정을 내포하고 있다.

> (…) 지금은 돈이 없어.
> 어딘가에 집을 마련할 때 온갖 비용이 드는 것처럼
> 그림을 그리는 데도 돈이 필요하구나.
> 하지만 그런 어려움에도 불구하고 내가 얻는 것들이 있단다.
> 나는 내가 발전하고 있다고 느껴.
> 앞으로는 수채화 기술을 더욱 갈고닦을 거야.
> 그러면 머지않아 내 작품도 팔리지 않겠니.
> (…) 그동안 작업했던 그림의 스케치를 동봉한다.
> 몸집이 조그만 노파를 그린 거야.[4·1]
> **분명 언젠가는 내 그림이 팔릴 게다.**

"분명 언젠가는 내 그림이 팔릴 게다." 그러니까 이 문장을 쓸 때 그는 확신이라기보다 불안함을 느끼고 있었던 건 아닐까. 정말 내 그림이 한 점도 팔리지 않을지도 모른다는 불안감. 그리고 그 불안을 지우기 위한 자기 암시. 이렇게 말한 뒤 테오에게 변명하듯 덧붙인다.

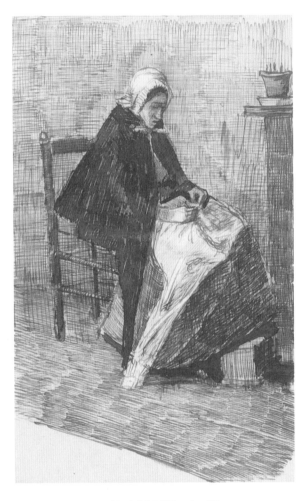

4-1 같은 편지에 동봉한 노파 스케치

나를 믿으렴.
나는 기쁜 마음으로 일하고, 몸부림치고,
하루 종일 땀 흘리며 노력하고 있단다.

　그는 자신을 믿고 뒷바라지해 주는 동생에게 빨리 성과를
보여야 한다는 조급함을 느꼈으리라. 나 정말 열심히 하고 있
어. 좋은 결과가 곧 나올 거야! 그러니 나를 믿어주겠니. 하지
만 현실은 어떠한가.

　(…) 만일 돈이 없어서 이런 노력들을 할 수 없게 된다면
너무 괴로울 것 같구나.

　빈센트는 돈이 없었고 늘 그랬듯 동생에게 같은 부탁을 한
다. 그림을 계속 그릴 수 있게 돈을 좀 보내다오. 얼마나 막막했
을까?
　그는 분명 굳센 의지를 가진 예술가였다. 하지만 어딘지 부
러져버릴 것만 같은 연약한 심성 또한 숨길 수 없었다. 빈센트
가 1882년 7월 27일에 그린 〈부러진 버드나무〉는 그런 그의 자
화상처럼 보이기도 한다.[4·2] 시골 길가에 버드나무 한 그루가
뿌리를 내린 채 서 있다. 겉으로 보기에 굵고 단단해 보이는 이
나무는 더 이상 자라지 못하고 부러져 버렸다. 속은 텅 비어 있

4-2 〈부러진 버드나무*Knotwilg*〉
1882, 종이에 연필·갈색 잉크·수채·분필, 38×55.8cm, 반 고흐 미술관

다. 그래도 한때는 무성한 잎을 주렁주렁 매달고 길가에 커다 란 그늘을 드리웠을지도 모를 나무. 좁은 길목을 걸어오는 한 남자와 저 멀리 보이는 나지막한 건물, 소박한 풍차가 왠지 모 르게 외로워 보인다. 빈센트는 유화 작품으로 유명하지만 수채 화도 많이 그렸다. 이 그림 역시 수채화다.

　부러진 버드나무를 그리는 빈센트를 떠올려 본다. 별생각 없이 선택한 그림 주제일 수도 있다. 가끔 지나다니는 길에 홀 로 선 이 나무에 괜히 신경이 쓰였을 수도 있다. 하지만 그렇다 기엔 빈센트는 버드나무를 꽤 오랫동안 여러 점 그렸다. 1881 년 10월에 테오에게 쓴 편지에, 버드나무 앞에 홀로 서 있는 남 자의 스케치를 함께 보내기도 했다.[4-3] 좁은 길에 죽 늘어선 버 드나무들은 메말라 있다. 4월에 개화해 5월에 열매를 맺는 풍 성한 버드나무의 모습은 온데간데없다. 빈센트는 가을이 깊어 가는 길목을 편지지에 담아냈다. 그리고 이렇게 설명한다.

　　만약 부러진 버드나무를 마치
　　살아 있는 존재인 것처럼 그린다면,
　　그 나무 한 그루에 생명력이 깃들 때까지
　　모든 관심을 집중한다면
　　그림의 배경은 자연스럽게 완성될 거야.

　　　　🖋 1881년 10월 12일에서 15일 사이, 에텐에서 테오에게

4-3 같은 편지에 그린 버드나무와 남자 스케치

4-4 〈부러진 버드나무가 있는 풍경Landschap met pad en knotwilgen〉
1888, 우브 페이퍼에 연필·펜·갈색 잉크, 25.5×34.5cm, 반 고흐 미술관

1888년 3월에 그린 〈부러진 버드나무가 있는 풍경〉4-4은
〈부러진 버드나무〉의 또 다른 버전처럼 보인다. 황량한 들판 위
에 버드나무 두 그루가 덩그러니 서 있다. 드문드문 보이는 다
른 나무들의 가지도 앙상하다. 비릿한 짚단 냄새가 날 것 같은
시골 풍경이다. 마을까지 이어진 길에는 인적조차 없다. 빈센
트가 7년 전 동생에게 말했듯 버드나무를 살아 있는 존재인 것
처럼 그렸기 때문에 사람을 그릴 필요가 없었던 것 아닐까. 그
림을 계속 들여다본다. 색채조차 없는 이 그림 속 버드나무에

4-5 1882년 7월 31일, 헤이그에서 테오에게 쓴 편지에 그린 스케치

게서 강인한 생명력이 느껴진다.

이처럼 빈센트는 버드나무에 애착을 보인다. 어딘지 자신과 닮은 외로운 모습에 자꾸 끌린 것이다. 〈부러진 버드나무〉[4-2]를 완성하고 나흘 뒤 테오에게 쓴 편지에 이 작품을 설명하며 스케치를 동봉했다.[4-5] 테오에게 어떻게 〈부러진 버드나무〉를 그렸는지, 완성작은 어떤 이미지인지 자세히 보여주고 싶었던 것이리라. 테오는 아마 스케치만으로도 형의 작품을 떠올릴 수 있었을 테다.

〈부러진 버드나무〉에는 검은색을 쓰지 않았어.
여러 색을 혼합해서 검은색처럼 보이는 색채를 만들었지.
이 작은 스케치에서 눈여겨봐야 하는 것은
가장 어둡게 표현된 부분이야.

나는 짙은 녹색, 갈색, 어두운 회색으로
검은색과 같은 효과를 만들어냈단다.

✒ 1882년 7월 31일, 헤이그에서 테오에게

　빈센트는 그림에 색을 덧입히기까지 열심히 스케치를 하고 구도를 잡고 그렸다 지우기를 반복했을 것이다. 그렇게 완성된 그림 한 점. 이 나무는 영영 죽어버린 걸까? 충분한 햇살과 촉촉한 빗방울이 있다면 다시 잘 자랄 수 있지 않을까.

　완성된 그림을 다시 한번 천천히 보았다.[4-2a] 남자가 걷고 있는 길 위에 물웅덩이 같은 것들이 보인다. 바짝 말라 있는 땅 같지는 않다. 그러고 보니 먹구름만 가득한 것 같았던 하늘 틈새로 푸른색이 언뜻언뜻 보인다. 어쩌면 이 그림은 한바탕 비가 쏟아지고 난 다음에 하늘이 천천히 개고 있는 시간을 담아낸 것 같기도 하다. 아니, 그림을 두 번 세 번 다시 볼수록 확신이 들었다. 이 그림은 우중충한 날씨에 비가 흠뻑 내리고 난 뒤 차차 맑아지는 순간을 그린 것이다. 희망을 잃고 싶지 않았던 빈센트의 간절한 마음이 들려오는 듯하다.

　1888년, 파리를 떠나 아를에 정착한 빈센트는 또다시 버드나무를 그린다.[4-6] 불타는 노을빛을 받으며 버드나무들이 서 있다. 후끈한 열기가 이곳까지 전해지는 것 같다. 차갑고 음울한 분위기의 〈부러진 버드나무〉와는 비교도 안 될 만큼 강렬하다.

4-2a 〈부러진 버드나무〉 부분

빈센트가 사랑했던 선명한 원색의 노랑, 빨강, 주황 그리고 파랑이 캔버스를 뜨겁게 달구고 있다. 아를에 도착한 뒤 빈센트는 새로운 환경에 적응하기 위해 열심히 자연 속을 돌아다녔다. 아를은 남프랑스 특유의 쾌활하고 맑은 분위기가 잘 느껴지는 곳이다. 현대적인 대도시 파리와는 확연히 다른 이런 분위기 속에서 그 역시 마음의 안정을 느끼고 자신을 되찾은 것일까. 붉게 물든 태양이 뿜어내는 빛과 버드나무 아래 아무렇게나 자라난 잡초가 매우 직선적으로 표현되어 있다. 위로 곧게 뻗은 버드나무 가지는 금방이라도 새 잎이 돋아날 듯 기세등등하다. 빈센트의 열정과 자신감이 작품 속 이미지 곳곳에

4-6 〈석양 아래의 부러진 버드나무들*Knotwilgen bij zonsondergang*〉
1888, 판지 위 캔버스에 유채, 31.6×34.3cm, 크뢸러 뮐러 박물관

묻어 있다.

이로부터 1년 뒤 빈센트는 한 번 더 버드나무를 그린다. 마지막 버드나무 그림이다.[4.7] 스스로 귀를 자른 뒤 아를의 병원에 입원해 있던 빈센트는 걷잡을 수 없이 우울해졌다. 부상에서 차츰 회복되었지만 다시는 아를의 노란 집으로 돌아가지 않았다. 대신 병원에 머물며 작업을 이어가기 위해 애썼다. 의사가 야외 활동을 허락하자 빈센트는 곧장 그림을 그리기 시작했다. 여러 그루의 버드나무가 나란히 서 있는 이 작품은 바로 이 시기에 완성된 것이다.

그림 오른쪽으로 벽돌담이 높게 세워져 있다. 벽돌담을 마주하고 버드나무들이 일렬로 서 있다. 마치 굳건한 벽돌담에 저항하듯 도열한 모양새다. 외로운 빈센트를 상징했던 한 그루의 버드나무는 이제 든든한 동료들을 얻었다. 색채 역시 과거의 버드나무 그림들에 비해 조금은 편안하고 따뜻해졌다. 불과 1년 전 그렸던 〈석양 아래의 부러진 버드나무들〉이 넘치는 에너지로 터지기 일보 직전이었다면 1889년 작 〈부러진 버드나무들이 있는 길〉은 한결 차분해졌다. 버드나무 아래 초록 들판도 부드럽게 일렁인다.

병원에 머무는 동안 빈센트의 영혼은 더욱 성숙해지고 있었다. 그리고 자신에게 치유가 필요하다는 것을 깨닫는다. 1889년 4월 〈부러진 버드나무들이 있는 길〉을 완성하고 한 달 뒤 그

4-7 ⟨부러진 버드나무들이 있는 길*Chemin de saules cultivés*⟩
1889, 캔버스에 유채, 55×65cm, 개인 소장

는 생 레미 드 프로방스로 거처를 옮긴다. 또 다른 가능성을 찾기 위해 떠나야 했다. 그림 속 벽돌담과 버드나무들 사이로 난 좁은 길은 구불구불하지만 결코 끊어지지 않고 저 먼 곳까지 길게 이어진다. 자신을 둘러싼 온갖 고통에도 불구하고 생 레미에서 새롭게 시작할 삶에 희망을 걸었던 것일까. 무소의 뿔같이 멈출 줄 모르는 그의 묵직한 끈기에 내 숨이 가빠올 정도다.

빈센트는 늘 불안했지만 희망을 버리지는 않았다. 반복되는 상처에도 기꺼이 인생의 다음 챕터를 향해 걸어가는 불굴의 예술가였다. 그가 남긴 문장 속에도, 그림 속에도 그 메시지는 선명하게 남아 있다. 분명 언젠가는 내 그림이 팔릴 게다. 분명 언젠가는. 그 미래가 설령 오지 않는다 해도, 그 언젠가를 떠올리며 지금 힘을 낼 수 있다면 족하다.

5장

평범한 사람은 숭고하다

1882년 6월 1일 혹은 2일, 헤이그에서 테오에게

평범한 사람은 숭고하다.

몇 년 전 가을, 친구와 통영을 다녀왔다. 통영은 아직 채 가시지 않은 여름빛으로 따뜻했다. 항구에 배들이 가득했고 짭짤한 바다 냄새가 강하게 풍겨왔다. 우리는 SNS에서 유명한 카페를 찾기 위해 골목을 한참 걸었다. 그리고 어느덧 도착한 조그만 카페. 차가운 아메리카노와 쌉쓸한 얼그레이 케이크를 먹고 이리저리 구경했다. 어딜 가나 사람이 많았다. 그렇게 사람들에 휩쓸려 걷던 중, 지친 마음에 무작정 샛길로 접어들었던 기억이 난다. 그렇게 우리는 예정에 없던 길을 통해 한적한 공원에 도착했다. 이제야 숨통이 트이네. 그러게 말이야, 이제 좀 살겠다. 조용한 햇빛을 받으며 우리는 한동안 말없이 앉아 있었다.

　불확실한 미래 때문에 불안해하던 시절이었다. 앞으로 뭐 하면서 살지? 원하는 인생을 살 수 있을까? 나이는 들어가는데 무엇도 선명하게 보이지 않던 나날들……. 친구에게 물었다. 너는 어떻게 살고 싶어? 그때 친구가 했던 말이 아직 떠오른다.

아무에게도 말한 적 없는데.

나는 이런 조그만 도시에 있는 우체국에서 일하고 싶어.

창밖으로 사람들이 오가는 걸 보면서

우편물에 도장을 쾅쾅 찍는 일.

별다른 걱정 없이 평범하게 사는 거. 그렇게 살고 싶어.

친구의 얼굴을 돌아보았다. 무언가 거창한 이야기를 할 줄 알았는데. 친구는 진심인 것 같았다. 그녀의 눈빛에 설렘이 언뜻 스쳤다. 내가 아무 대답이 없자 친구는 말을 덧붙였다. 평범하게 사는 게 내 꿈이야. 보통처럼 사는 거. 그때 나는 솔직히 '정말 그게 꿈일 수 있을까?' 생각했었다. 너무 소극적인 목표는 아닐까? 몇 년이 지난 지금, 친구는 원하던 직장에 들어가 잘 살고 있다(소도시의 우체국은 아니지만). 그리고 평범하고 행복한 삶을 꿈꾸는 남자 친구를 만나 곧 결혼을 한다.

평범한 사람은 숭고하다.

빈센트는 테오에게 이렇게 말했다. 여기서 그가 말한 평범한 사람은 그가 사랑했던 여인 시엔Sien을 가리킨다. 시엔은 매춘부였고 다섯 살짜리 딸이 있었으며 빈센트를 만날 당시 임신 중이었다. 빈센트는 그녀를 진심으로 사랑했다. 주변 사람들의 질시와 비난에도 그녀를 떠나지 않고 함께 가정을 꾸렸다. 그는 편지에 덧붙인다.

> 시엔은 전혀 특별하지 않아.
> 그녀는 그저 평범한 여자일 뿐이야.
> 평범한 사람은 숭고하지.
> 평범한 이를 사랑하고
> 그이에게 사랑받는 사람은 행복하단다.
> 인생이 아무리 어둡다 해도.

이런 생각은 그의 작품 속에서도 드러난다. 빈센트는 여러 가지 주제로 그림을 그렸지만 가장 중요하다고 여긴 테마는 바로 평범한 사람들에 관한 것이었다. 농사를 짓는 농부들, 짐을 옮기는 수더분한 농촌 여인들, 소박한 집에 함께 모여 앉아 밥을 먹는 보통의 사람들, 복권을 사기 위해 길게 줄을 선 사람들. 빈센트는 가난을 벗어나기 위해 복권 당첨의 희망을 안고 모여 있는 사람들을 보며 연민을 느낀다.[5-1] 그들은 어쩌면 오늘 저녁 끼니를 포기하고 복권을 구매했을지도 모른다. 얼마 남지 않은 푼돈을 털었을 수도 있다. 누군가에게는 그들이 어리석어 보일 것이다. 하지만 빈센트는 그들의 일상을 함부로 폄하해서는 안 된다고 생각했다.

5-1 〈복권 판매소*De armen en het geld*〉
1883, 종이에 수채, 38×57cm, 반 고흐 미술관

1885년 작 〈감자 먹는 사람들〉은 빈센트가 말하는 평범함이 무엇인지 가장 잘 보여주는 작품이다.5·2 일을 마친 농부들이 식사를 하기 위해 누추한 농가에 모였다. 천장에 달린 녹슨 램프의 노란 불빛이 어두컴컴한 부엌을 밝힌다. 이제 막 삶은 감자와 따뜻한 차에서 모락모락 김이 솟아난다. 기름을 바르고 알맞게 구운 고기나 신선한 과일은 찾아볼 수 없는 단출한 식탁이다. 풍성하진 않지만 서로에게 먼저 음식을 권하는 모습이 정겹다. 손가락은 오랜 노동으로 마디가 굵어졌고, 손톱 밑에는 씻어도 없어지지 않는 흙이 단단하게 굳어 있다. 하지만 이들은 지금 슬프거나 불행하지 않다. 굴곡진 얼굴에 은은한 미소가 번진다. 안락한 저녁 시간에 대한 만족감이 엿보인다.

〈감자 먹는 사람들〉은 빈센트가 주로 네덜란드에서 작업하던 시기에 완성된 작품이다. 그는 1886년에 프랑스 파리로 떠나기 전까지 네덜란드 헤이그, 에텐, 뉘넌 등을 오가며 그림을 그렸다. 밝고 강렬한 인상파 그림의 영향을 받았던 파리 시절에 비해 네덜란드 시절에 그린 작품들은 투박하고 차분한 분위기를 띤다. 특히 이 시기에 집중했던 주제는 농부와 노동자들, 가난하고 평범한 사람들의 삶이었다.

〈감자 먹는 사람들〉에는 매우 어둡고 덕한 색재를 사용했어. 흰색은 거의 사용하지 않았지.

5-2 ⟨감자 먹는 사람들*De aardappel eters*⟩
1885, 캔버스에 유채, 82×114cm, 반 고흐 미술관

대신 어두운 회색을 많이 썼단다.

실제로 그림 속 인물들은 작은 램프 불빛에 의지한

어두컴컴한 실내에서 식사를 하고 있었기 때문이야.

(…) 칙칙한 리넨 식탁보, 연기에 그을린 벽,

밭에서 일하고 돌아온 여자들의 먼지투성이 모자.

이 모든 것이 작은 램프 불빛 아래서 흐릿하게 보인단다.

🖋 1885년 5월 2일, 뉘넨에서 테오에게

　빈센트는 뉘넨에 머물면서 마을 농가를 방문해 농민들의 생활을 직접 보았고 그 모습을 바탕으로 그림을 그렸다. 그는 꾸밈없는 농부들의 삶에 깊은 감명을 받았다. 테오에게 보낸 편지에 빈센트가 받은 감동이 고스란히 드러난다. 그는 편지지 위에 스케치를 그리고 자신이 본 장면을 세세하게 묘사하는 열정을 보인다. 검은색 펜으로 스케치를 진하게 덧칠한 탓에 편지지 뒷면까지 그림이 비친다. 편지지 뒷면에 쓴 글씨를 구별하기 어려울 정도다.[5-3]

　〈감자 먹는 사람들〉 속에는 빈센트가 그린 다른 그림에서 보이는 쨍한 파랑, 불타는 노랑, 푸른 하늘과 붉은 꽃들과 같은 색채는 단 하나도 보이지 않는다. 당대 활동했던 어느 화가는 이 그림을 보고 너무 지저분한 색깔을 사용했다는 혹평을 남기기도 했다. 빈센트 역시 이런 비판에 대해 잘 알고 있었다. 19세기

중반 예술계는 화사하고 맑은 색감의 인상파 그림에 매혹되어 있었기 때문이다. 아카데믹하고 고전적인 그림은 지루해졌다. 도시 생활의 순간을 담아낸 스냅 사진 같은 그림들, 빛을 보이는 그대로 표현한 그림들, 파스텔 톤의 따뜻하고 부드러운 그림들이 예술계의 새로운 흐름을 이끌어가고 있었다. 인상파 그림들에 비해 빈센트의 작품은 너무 무겁고 어두웠다.

사실 〈감자 먹는 사람들〉은 단번에 아름답다는 느낌을 주는 그림은 아니다. '지저분한 색깔의 그림'이라는 비난이 어느 정도는 이해될 만큼 어둡고 칙칙하다. 거실에 빈센트의 그림 한 점을 걸 수 있다면 과연 이 작품을 선택할까? 우리는 수많은 선택지 앞에서 분명 망설일 것이다. 빈센트 역시 어떤 화가보다 다채로운 색을 사용했던 예술가였다. 하지만 이 그림을 그리면서는 화려하고 선명한 색을 쓰고 싶지 않았다. 그는 진정한 농촌의 생활을 담은 그림을 원했다. 평화로운 낙원처럼 묘사된 멋진 시골 풍경은 거짓이었다. "농촌을 그린 그림에서 향기로운 냄새가 나서는 안 된다"(1885년 4월 30일, 뉘넨에서 테오에게)라고 빈센트는 생각했다.

나는 이 그림을 그리면서
알프레드 상시에*가

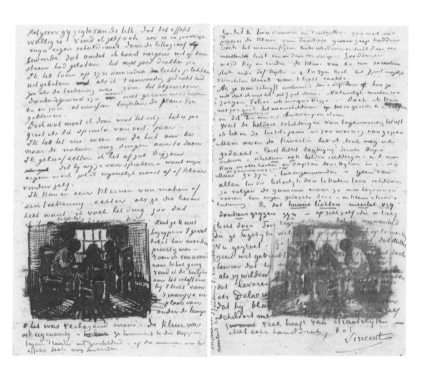

5-3 1885년 5월 2일, 뉘넌에서 테오에게 보낸 편지 앞면과 뒷면

5-4 장 프랑수아 밀레, 〈감자 심는 사람들*Les Planteurs de pommes de terre*〉
1861, 캔버스에 유채, 82.5×101.3cm, 보스턴 미술관

밀레가 그린 농부들에 대해 말한 것을 떠올렸어.

"밀레 그림 속 농부들은 그들이 밭에 뿌린

흙으로 그려진 것 같다."

농부들을 볼 때마다 나는 상시에가 쓴 이 문장이 생각난다.

―――――◆ 알프레드 상시에(Alfred Sensier, 1815-1877): 프랑스 미술사가이자 미술
평론가. 루브르 박물관 사무총장과 정부 문화성 예술최고책임관을 역임
했다. 바르비종 화파의 작품을 수집했으며 특히 장 프랑수아 밀레를 후원
했다. 대표 저서로『장 프랑수아 밀레의 삶과 예술』이 있다.

5-5 〈감자 심는 사람들Aardappelpoters〉
1884, 캔버스에 유채, 66×149cm, 크뢸러 뮐러 미술관

빈센트는 마치 흙으로 그려진 것 같은 밀레의 그림 속 농부들이야말로 진짜라고 여겼다.[5-4] 하지만 빈센트가 진정한 농촌 그림이라고 여긴 밀레의 그림들조차 빈센트의 그림에 비하면 좋은 향기가 날 것 같다.[5-5]

여러 혹평에도 불구하고 빈센트는 〈감자 먹는 사람들〉을 매우 아꼈다. 다른 작품들보다 많은 노력을 쏟아 부었기 때문이기도 했다. 〈감자 먹는 사람들〉을 완성하기 위해 그린 습작은 대략 40장에 달한다.[5-6, 7, 8] 같은 구도로 여러 번 스케치했고 어떤 색감으로 그림을 채울지 계속해서 구상했다. 그는 1885년 4월 30일 테오에게 쓴 편지에서 이렇게 말한다. "〈감자 먹는 사람들〉은 좋은 그림이 될 거야. 너도 이 그림이 독창적이라는 것

5-6 〈감자 먹는 사람들 습작〉
1885, 석판화, 28.4×34.1cm, 크뢸러 뮐러 미술관

5-7 〈감자 먹는 사람들 습작〉
1885, 종이에 스케치, 20.7×26.4cm, 반 고흐 미술관

5-8 〈감자 먹는 사람들 습작〉
1885, 캔버스에 유채, 33.6×44.5cm, 반 고흐 미술관

을 언젠가 알게 되리라 믿는다." 그로부터 2년이 지난 뒤 빈센트가 여동생에게 했던 말은 그가 얼마나 이 그림에 애착을 가졌는지 잘 보여준다. "나는 뉘넌에서 그린 〈감자 먹는 사람들〉이 내 작품 중 가장 훌륭하다고 생각해."(1887년 10월 말, 파리에서 빌에게)

〈감자 먹는 사람들〉은 〈별이 빛나는 밤〉 또는 〈꽃피는 아몬드 나무〉처럼 대중적으로 사랑받는 그림이 아니다. 그러나 '훌륭한' 작품에 관한 것이라면 〈감자 먹는 사람들〉에 대한 평가는 달라질 것이다. 빈센트는 자연스럽고 일상적인 모습이 숭고하다는 사실을 알고 있었다. 타인에게 잘 보이기 위해 포장한 모습, 부풀려지고 멋있게 각색된 모습을 마치 진짜인양 자랑하는 것이 당연해져 버린 현대 사회에서 그런 생각은 쉽게 무시당할지도 모른다. 하지만 최선을 다해 평범한 일상을 살아내고 묵묵히 자신의 길을 걸어가는 이들은 그런 시류에도 아랑곳하지 않는다. 진정성 있는 것은 아름다울 수밖에 없다. 가짜로 만들어낸 아름다움과는 격이 다르다.

빈센트가 그린 농부들은 매캐한 흙냄새로 가득하다. 하지만 빈센트는 그들을 결코 비참하거나 보잘것없는 모습으로 표현하지 않았다. 그들은 주어진 환경 속에서 꿋꿋이 일용할 양식을 구하며 살아가는 정직한 사람들이었다. 농부들이 매일 빠짐없이 일한 대가로 얻은 투박한 모양의 감자는 섬세하게 차려

5-9 〈그릇에 감자가 있는 정물 *Stilleven met aardappels*〉
1885, 캔버스에 유채, 19.9×26cm, 개인 소장

진 어떤 음식보다도 귀하다.[5·9] 빈센트는 부유하고 화려한 사람들보다 평범한 일상을 살아가는 이들의 모습이 무엇보다 고상하다고 생각했다.

나의 목표는

램프 불빛 아래에서 감자를 먹고 있는 사람들의 손,

그 손으로 땅을 일궜다는 사실을 분명히 전하는 거야.

그들이 정직하게 노력해서 얻은 음식을

먹고 있다는 사실을 전하는 것이지.

🖋 1885년 4월 30일, 뉘넌에서 테오에게

가끔 친구와의 통영 여행을 돌아보곤 한다. 그곳엔 반짝거려야만 좋은 것이라고 믿었던 내가 있다. 나는 언제 올지 모를 멋지고 근사한 홀 케이크를 기다리며 눈앞의 조각 케이크는 쳐다보지도 않는 사람이었다. 하지만 언젠가부터 배워가고 있다. 평범한 것은 결코 부족한 것이 아님을. 빈센트의 말처럼 어쩌면 평범한 것이 숭고할지도 모른다는 사실을. 이제부터는 작지만 지금 내 앞에 있는 케이크를 천천히 맛보는 여유를 부리려고 한다. 그것이 진짜 행복이라는 걸 잊지 않으려 한다.

6장

그림 외에 어떤 것에도
주의를 빼앗기고 싶지 않아

그림은 내게 너무도 소중해서

그림 외에 어떤 것에도 주의를 빼앗기고 싶지 않아.

한가한 오후, 동네 도서관에서 책을 빌려 카페를 찾았다. 한동
안 읽지 못했던 가벼운 에세이를 골랐다. 내가 가장 좋아하는
일본 작가 무라카미 하루키의 에세이집. 제목도 역시 그답게
독특하다.『밸런타인데이의 무말랭이』. 결혼을 하고 나이가 드
니 밸런타인데이에 초콜릿 하나 받지 못하고 무말랭이 반찬에
밥을 먹는 자신이 우습다는 글을 시작으로 소소한 일상 이야기
가 이어졌다. 그중 생일에 관한 글이 기억에 남는다. 하루키와
생일과 혈액형이 같은 어느 편집자가 있는데 그녀와는 어떤 공
통점도 없다는 이야기. 나도 왠지 나와 생일이 같은 사람을 만
나면 관심이 생기곤 했다. 그리고 아직도 생각나는 사람이 한
명 있다.『월든*Walden*』을 쓴 헨리 데이비드 소로*는 나와 생일이
똑같다. 여고 시절, 그 사실을 알게 된 나는 월든을 사서 열심히

─────
　◆　헨리 데이비드 소로(Henry David Thoreau, 1817-1862): 미국 사상가 겸 문
　　　학자. 28세 되던 해에 월든 호숫가의 숲으로 들어가 2년 2개월을 지냈다.
　　　그때의 경험으로『월든』을 집필했다.

읽었다. 당시 나를 사로잡았던 소로의 문장은 나이가 들수록
내 안에서 더욱 깊어진다.

> 나는 삶이 아닌 삶을 살고 싶지 않았다.
> 삶이란 무엇보다 소중하기에
> 불가피한 일이 아니라면
> 이런 목표를 쉽게 체념하고 싶지도 않았다.
> 나는 깊이 있는 삶을 살고
> 삶의 정수를 완전히 내 것으로 만들고 싶었으며
> 삶이 아닌 것은 모조리 파괴해 버리고
> 스파르타 사람처럼 강인하게 살고 싶었다.♦

    삶의 정수를 완전히 내 것으로 만들고 삶이 아닌 것은 모조
리 파괴해 버리고 싶다는 소로의 말은 사춘기 소녀에게 하나의
이정표가 되었다. 그 이후 정말 중요한 것은 바로 나 자신이며
인생에서 거추장스러운 것은 아무 쓸모없다는 사실을 깨달았
다. 그때의 고민과 생각은 나를 만든 자양분이 되었다. 모래밭
같은 인생에서 진짜를 찾고 싶다는 열망은 예나 지금이나 변함
이 없다.

──── ♦ 헨리 데이비드 소로, 『월든』, 정윤희 옮김, 다연, 2020, p.125

내가 미래에 성공할지 여부는

내 작품에 달려 있어.

나는 작은 창문을 통해 침착하게 자연을 관찰하고

충실하고 아름답게 그것들을 그릴 거야.

그림은 내게 너무도 소중해서

그림 외에 어떤 것에도 주의를 빼앗기고 싶지 않아.

빈센트가 테오에게 쓴 편지에서 소로의 글과 비슷한 구절을 발견했을 때 나는 또다시 인정할 수밖에 없었다. 자신의 분야에서 탁월한 성과를 거둔 사람들은 언제 어느 곳에 있든 비슷한 생각을 하고 비슷한 삶의 방식을 택한다는 것을. 빈센트는 그림 외에 다른 것에는 신경 쓰고 싶지 않았다. 오로지 작품에만 끈질기게 몰두했다. 그리고 그런 환경을 만들기 위해 평생 노력했다. 그가 테오에게 보낸 편지 대부분은 그림에만 집중할 수 있는 환경을 만들 수 있게 도와달라는 호소로 끝맺는다. 그가 얼마나 열정적인 예술가였는지 알 수 있는 대목이다.

그러나 처음부터 그랬던 것은 아니었다. 사실 빈센트는 제대로 된 미술 교육을 받아본 적이 없었다. 여러 유명 작가들이 명문 예술 학교에서 미술을 체계적으로 배운 것과는 달랐다. 16세 때 큰아버지의 추천으로 네덜란드 헤이그에 있는 화랑에서 일을 시작하면서 처음으로 미술을 접했다. 그곳에서 1869

년부터 1875년까지 일했다. 그러나 화랑에서 일을 할 때도 빈센트가 빠져 있었던 것은 미술이 아니라 종교였다. 젊은 빈센트는 신학교를 다니고 있었고 성직자를 꿈꾸었지만 그마저도 오래가지 못했다. 신학교를 그만두고 방황하던 시기, 그는 그림을 그린다. 유화가 아닌 목탄화였다. 그런 모습을 지켜보던 테오가 형에게 화가가 될 것을 권유한다. 그때 빈센트의 나이는 27세였다. 그 이후의 삶은 잘 알려진 대로다.

빈센트는 현재까지도 많은 이들이 사랑하는 아름다운 작품들을 남겼지만 살아 있을 때 명성과 부를 누리지는 못했다. 우울증과 정신 착란에 시달렸고 늘 외로움과 싸웠다. 그야말로 고통스러운 삶이었다. 그러나 그런 삶 속에도 행복한 순간은 있었으리라. 어느 여인을 사랑하게 되었을 때, 봄꽃이 만개했을 때, 여름비가 억수같이 쏟아졌을 때, 테오가 아들을 낳았을 때. 그는 그림을 정식으로 그리기 시작한 지 딱 10년 만에 스스로 생을 마감한다. 그 10년 동안 빈센트는 오직 그림에 헌신한다.

1888년 10월에 그린 작품 〈침실〉은 그러한 빈센트의 헌신을 있는 그대로 보여준다.[6-1] 소박하고 작은 방, 조그만 테이블과 피곤한 몸을 누일 검소한 침대. 정말 '앉기 위해' 그곳에 놓인 것 같은 의자 두 개. 벽에는 자신이 그린 그림 몇 점이 걸려 있다. 자화상과 사이프러스 나무를 그린 그림들. 테이블 위에는 물병과 두꺼운 책이 보인다. 아마도 성경책 아닐까? 거추장스러운 것이라곤 하나도 찾아볼 수 없는 방이다. 오직 '방'이라는 목적에 충실한 그런 공간. 이 그림은 이 방에 사는 예술가가 얼마나 가난한지 보여준다. 그리고 그 예술가에게 가장 중요한 것은 오직 그림뿐이라는 사실을 말해준다.

이 침실은 노란 집에 있었던 빈센트의 방이었다. 침대 발치의 오른쪽 문을 열면 위층으로 향하는 계단이 나오며 왼쪽 문은 손님방으로 통했다. 빈센트가 고갱을 위해 준비한 방이 바로 저 문 뒤에 있었다. 그림 정면의 창문으로는 노란 집 맞은편에 있는 라마르틴 광장Place Lamartine을 볼 수 있었다. 짙은 초록색 창틀이 낡았다. 매일 아침 눈을 뜨면 저 작은 창문 너머로 새들이 지저귀는 소리가 들려오지 않았을까. 바깥으로 통하는 유리 창문은 모든 공간에 숨 쉴 틈을 준다. 빈센트의 좁은 방도 저 창문 덕에 그리 답답해 보이지 않는다.

빈센트는 고갱과 테오에게 보낸 편지에 〈침실〉의 스케치를 보냈다.6-2, 3 당시 그가 정서적으로 매우 가깝게 느낀 두 사람이었다. 고갱에게 보낸 편지에서는 편지지 위에 스케치를 그대로 그렸지만 테오에게는 따로 스케치를 동봉했다. 빛바랜 종이에 굵은 펜으로 간결하게 침실을 묘사했다. 색채가 없으니 더욱 소박해 보인다. 정교하고 사치스러운 물건은 하나도 찾아볼 수 없다. 생활에 필요한 아주 간소한 것들만이 있어야 할 자리에 있는 조용한 방이다. 빈센트는 자신이 그린 그림들로 침대

6-1 〈침실*De slaapkamer*〉
1888, 캔버스에 유채, 72.4×91.3cm, 반 고흐 미술관

6-2 1888년 10월 17일, 아를에서 고갱에게 보낸 편지 속 〈침실〉의 스케치
6-3 1888년 10월 16일, 아를에서 테오에게 보낸 편지 속 〈침실〉의 스케치

주변의 벽을 장식했다. 그는 언제나 혼자였고 인생은 홀로 걸어가야 한다는 사실을 누구보다 잘 알았지만, 늘 곁에 누군가가 있길 바라는 사람이었다. 그런 양가적인 감정이 그림 속에 은연중에 드러난다. 침대에는 두 개의 베개가 있고 똑같이 생긴 조그만 의자 또한 두 개다. 침실은 가장 내밀한 공간이다. 빈센트가 그린 침실 풍경은 어쩌면 자화상보다도 더 솔직한 내면의 풍경을 보여주는 것 같다.

이 그림은 내 침실을 그린 거야.
'휴식'이나 '잠'을 암시하기 위해서
사물을 좀 더 단순화하고 색채를 중점적으로 사용했지.
이 그림을 보면서 마음의 휴식을 얻으면 좋겠어.

🖋 1888년 10월 16일, 아를에서 테오에게

그런데 〈침실〉은 휴식이나 잠을 떠올리기에는 과하게 밝아 보인다. 벽과 문은 너무 밝은 하늘색이고 바닥은 차가운 느낌의 회보라색이다. 깊은 잠을 자기에는 어딘지 붕 떠 있고 불안정하다. 최근의 연구에 따르면 〈침실〉은 오랜 기간에 걸쳐 변색된 것으로 드러났다. 빈센트는 앞선 편지에 이어서 〈침실〉에 사용한 색채를 구체적으로 언급한다.

벽은 연보라색이고 바닥은 빨간색 타일로 되어 있어.

침대 틀과 의자는 신선한 버터색이란다.

시트와 베개는 매우 밝은 레몬 그린색이지.

이불은 주황색, 창문은 녹색이야.

화장대는 주황색, 세면대는 파란색.

방에 있는 문들은 라일락색이다.

벽에 초상화, 거울, 수건, 옷 몇 벌이 있지.

그림에 흰색이 없기 때문에

액자는 흰색을 쓰는 게 좋을 거야.

빈센트가 말한 색채에 따라 침실을 다시 상상해 보면 그가 의도했던 대로 조화롭고 편안한 분위기가 떠오른다. 녹색 창문과 빨간색 타일, 버터색 침대, 라일락색 문. 그림 속 대상의 관계는 이런 보색 효과로 인해 균형을 이룬다. 빈센트는 불필요한 것이라곤 없는 이 조그만 방을 그리면서도 조화와 균형을 놓치지 않으려 했다. 그에게 그림을 제대로 그리는 일보다 중요한 것은 없었다. 평범해 보이는 그림 속에도 예술가로서 완벽을 추구했던 그의 노력이 엿보인다. 그 노력을 발견할 때마다 나는 이 화가의 진심에 매번 놀란다.

빈센드는 〈침실〉을 세 번 그렸다. 다른 작품들 역시 첫 번째 그림과 구도와 디테일이 비슷하다. 첫 번째 그림은 반 고흐 미술관에 소장되어 있고, 두 번째 그림은 시카고 미술관에 소장되어 있다.[6-4] 그리고 1889년 여름, 빈센트는 어머니와 여동생 빌을 위해 〈침실〉을 작은 크기로 다시 그린다. 이 세 번째 버전은 프랑스 오르세 미술관에서 볼 수 있다.[6-5]

세 번째로 그린 〈침실〉이 흥미로운 이유는 작품 크기가 세 작품 중 가장 작지만 침대 옆의 벽에 걸린 두 그림의 형상은 가장 선명하기 때문이다. 특히 왼쪽에 있는 초상화는 세 번째 버전에서 드디어 형체를 알아볼 수 있게 되었다. 옅은 하늘색 상의를 입고 정면을 바라보는 남자. 덥수룩한 수염은 없지만 초상화 속 인물은 분명히 빈센트를 닮았다. 오른쪽의 초상화는 흰색 옷을 입은 인물이며 남자인지 여자인지 불분명하다. 현존하는 빈센트의 작품 중에 이 그림과 유사한 작품은 없는 것으로 알려져 있다. 자화상과 나란히 걸어둘 정도라면 분명 그 당시 빈센트에게 중요한 인물이었으리라. 하지만 시간은 흐르고 수많은 이들이 세월과 함께 잊히고 흩어진다.

이 세 번째 버전은 빈센트의 여동생 빌이 소유하고 있었지만 이후 마쓰카타 마사요시♦가 인수하면서 주인이 바뀌었다. 마쓰카타는 유럽에서 1만여 점에 달하는 미술품을 수집한 컬렉

♦ 마쓰카타 마사요시(松方正義, 1835-1924): 일본 메이지 시대(1868-1912)의 유명한 정치가이자 두 차례 일본 총리를 지낸 인물이다.

터였다. 제2차 세계대전 이후 프랑스는 패전국 일본에서 그의 소장품들을 압류해 프랑스로 가져간다. 〈침실〉의 주인이 다시 프랑스가 된 것이다. 하지만 1959년 프랑스와 일본 정부 간의 평화 정책에 따라 프랑스 정부가 마쓰카타에게서 압류한 작품들을 일본에 반환하면서 〈침실〉의 소유권이 도마에 올랐다. 이때 프랑스 정부는 반환품에서 〈침실〉 세 번째 버전을 제외했고 이 작품은 영구히 오르세 미술관에 남게 된다. 일본은 이때 반환받은 작품을 모아 도쿄에 국립 서양 미술관을 개관한다. 빈센트는 자신의 작품을 두고 두 나라가 신경전을 벌일 것이라 상상이나 했을까.

그림 외에 어떤 것에도 주의를 빼앗기고 싶지 않다는 열망으로 가득 차 있었던 예술가 빈센트. 하나의 목표를 위해 매진하는 것. 그리고 그 목표 외에 자질구레한 것은 과감히 버릴 줄 아는 것. 10년의 불꽃 같은 활동 시기 동안 빈센트는 정말 자신의 말대로 살았다. 그리고 그 목표를 이루었다. 가끔 주변에서 빈센트 같은 사람들을 만날 수 있다. 그들은 이리저리 휩쓸리지 않고 자신을 믿으며 꾸준히 나아간다. 얕은 말들에 휘둘리지 않고 자신의 발밑을 단단하게 다져나간다. 단순하게 세상을 살아낸다. 하기로 한 것이니 하고, 목표를 세웠으니 도전한다. 실패하면 또다시 도전한다. 그리고 어느 순간에 정말 자신들이 말하던 지점에 도달해 있다.

6-4 〈침실〉두 번째 버전
1889, 캔버스에 유채, 72×90cm, 시카고 미술관

6-5 〈침실〉 세 번째 버전
1889, 캔버스에 유채, 57.5×74cm, 오르세 미술관

새로운 목표를 세우고 이제 막 한 걸음 떼려고 하는 이들에게 빈센트와 소로의 마음가짐은 힘이 될 것이다. 거추장스러운 것들을 모두 버리고 가벼운 몸과 마음으로 인생의 다음 챕터를 향해 걸어가려 하는 모든 이들에게 마음 깊이 응원을 보낸다.

7장

온 세상이
비에 젖어 있는 장면은
얼마나 아름다운가!

Vincent van Gogh

1882년 8월 20일, 헤이그에서 테오에게

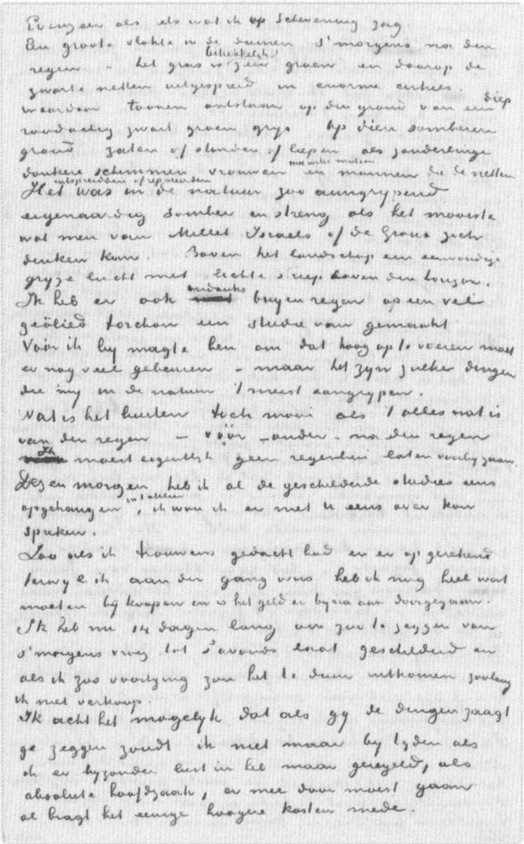
Evenzeer als als wat ik op Scheveningen zag
Een groote vlakte in de duinen 's morgens na den
regen — het gras is betrekkelijk zeer groen en daarop de
zwarte netten uitgespreid in enorme cirkels.
waardoor toonen ontstaan op den grond van een diep
roodachtig zwart groen grijs. Op dien somberen
grond zaten of stonden of liepen als zonderlinge
donkere schimmen vrouwen met witte mutsen en mannen die de netten
uitspreidden of repareerden
Het was in de natuur zoo aangrijpend
eigenaardig somber en streng als het mooiste
wat men van Millet, Israels of De Groux zich
denken kan. Boven het landschap een eenvoudige
grijze lucht met lichte streep boven den horizon.
Ik heb er ook onder buijen regen op een vel
geölied torchon een studie van gemaakt
Vóór ik bij magte ben om dat hoog op te voeren moet
er nog veel gebeuren — maar het zijn zulke dingen
die mij in de natuur 't meest aangrijpen.
Wat is het buiten toch mooi als 't alles nat is
van den regen — vóór, onder, na den regen
Ik moest eigentlijk geen regenbui laten voorbijgaan.
Dezen morgen heb ik al de geschilderde studies eens
opgehangen in 't atelier, ik wou ik er met u eens over kon
spreken.
Zoo als ik trouwens gedacht had en er op gerekend
terwijl ik aan den gang was heb ik nog heel wat
moeten bijkoopen en is het geld er bijna aan doorgegaan.
Ik heb nu 14 dagen lang om zoo te zeggen van
's morgens vroeg tot 's avonds laat geschilderd en
als ik zoo voortging zou het te duur uitkomen zoolang
ik niet verkoop.
Ik acht het mogelijk dat als gij de dingen zaagt
ge zeggen zoudt ik niet maar bij tijden als
ik er bijzonder lust in heb maar gezegd, als
absolute hoofdzaak, er mee door moest gaan
al bragt het eenige hoogere kosten mede.

온 세상이 비에 젖어 있는 장면은

얼마나 아름다운가!

"이혼할 거야!"

온 세상에 마구 뿌려지는 비에 흠뻑 젖은 채 그녀가 외친다. 예쁘게 세팅한 머리도, 고급스러운 옷도, 공들인 메이크업도 모두 비에 젖는다. 하지만 그녀는 아무 신경도 쓰지 않는다. 우산을 뿌리치고 자신을 향해 열린 새로운 세상으로 뛰어가는 여자. 배경음악으로 류이치 사카모토의 〈비 ^{Rain}〉가 흘러나온다. 가슴 떨리게 하는 극적인 선율. 베르나르도 베르톨루치 감독의 〈마지막 황제 $^{The\ Last\ Emperor}$〉의 한 장면이다. 처음 보았을 때의 느낌이 아직도 생생하다. 내가 가장 좋아하는 영화 속 씬이다.

마지막 황제 '푸이'의 두 번째 부인 '문수'는 황실의 규율에 별다른 답답함이나 불만이 없었다. 자유를 갈망하지도 않았다. 그런 문수가 무너져가는 청나라 황실의 현실을 조금씩 실감하기 시작한다. 세상 전부인 줄 알았던 궁궐 속 생활이 세상의 일부임을 깨달은 것이다. 그녀를 눌러싸고 있던 높은 벽은 사실 쉽게 뛰어넘을 수 있는 것이었다. 문수는 이제 자신이 원하는 삶을 다시 살아보고 싶다는 열망에 휩싸인다. 그렇게 그녀는 비가 억수같이 쏟아지던 어느 날, 황제와 이혼하겠다는 외마디 말을 외친 채 빗속으로 사라진다.

앞에 선 사람의 목소리조차 들리지 않을 만큼 비가 퍼붓는 날. 옷과 머리가 젖지 않기 위해 두 손으로 우산을 꼭 쥐고 걸어 본 적이 있을 것이다. 하지만 들이치는 비는 속수무책이고 어느새 온몸이 축축해진다. 비 오는 날은 밖에 나가지 않는 것이 상책이다. 이렇게 말하는 나도 실은 비 맞는 걸 좋아하는 아이였다. 우산은 내팽개치고 친구들과 비를 맞으며 뛰어다니던 기억이 난다. 빗물에 머리 감는 시늉을 하며 깔깔거리고 물웅덩이를 일부러 첨벙거리며 걷던 아이. 어느새 비 한 방울 묻히지 않으려 잔뜩 긴장을 하고 빗속을 걷는 어른이 되었지만.

그렇게 깐깐한 어른이 되어서 본 〈마지막 황제〉 속 문수는 잊고 있던 유년 시절을 떠오르게 했다. 살갗이 따가울 정도로 쏟아지는 비, 우산도 없이 그 속을 달릴 때의 해방감. 그래, 바로 이거였다. 해방감. 울타리를 부수고 내면 깊이 숨겨왔던 욕망을 분출하는 것. 나는 언제나 내 안의 감정을 마음대로 내뿜고 싶다는 강한 욕망을 갖고 살아왔다. 하지만 그렇게 살 수는 없었다. 이런저런 이유들로. 그래서였을까. 문수의 돌발적인 행동이 통쾌했다. 그녀에게 완전히 반해버렸다.

이번 주에는 숲에서 작업을 했어.

그림을 그리고 있을 때 갑자기 폭우가 쏟아졌고

한 시간 동안 멈추지 않았지.

나는 울창한 나무 아래로 몸을 피하고

비가 내리는 광경을 계속 보았단다.

마침내 비가 그치고 까마귀들이 다시 하늘로 날아올랐어.

비가 그치길 기다린 시간이 전혀 아깝지 않았어.

비가 내린 후 숲은 놀라울 만큼 깊어졌기 때문이야.

　　　　　　　　✒ 1882년 8월 20일, 헤이그에서 테오에게

　빈센트는 테오에게 이렇게 말했다. 한여름, 갑작스레 내린 비가 고요했던 숲을 흔들어 깨웠다. 울창한 나무 아래로 급히 비를 피했다고 하지만 아마도 온몸이 젖었을 것이다. 곧장 집으로 가지 않고 비가 퍼붓는 순간을 가만히 바라보고 있는 빈센트의 빛나는 눈동자가 떠오른다. 그리고 이내 그친 비. 귀를 때리던 빗소리가 일시에 잦아들고 숲은 또다시 고요해진다. 그러나 비가 지나간 숲은 조금 전의 숲과 전혀 다르다. 흙은 물을 잔뜩 머금었고 초록 잎사귀들은 갈증을 해소한 듯 한껏 부풀어 올랐다. 쌈싸름한 숲 내음은 더욱 짙어졌다. 빈센트의 말처럼 숲은 깊어진 것이다.

온 세상이 비에 젖어 있는 장면은 얼마나 아름다운가!

순수한 감탄이 그대로 전달된다. 새로 태어난 듯한 세상. 그는 똑같은 풍경도 똑같은 눈으로 보지 않았다. 예민하고 섬세한 시선으로 주변을 바라보았다. 누군가에겐 그저 비가 내려 질척이는 숲에 불과했겠지만 그에게 비 내린 뒤 숲은 깨끗한 물로 목욕을 금방 마친 아이의 살결처럼 투명해 보였다.

빈센트가 그린 〈비〉는 마치 문수가 뛰쳐나가던 영화 속 배경 같다.[7·1] 세차고 강인한 비가 산과 들판, 농장 위로 쉴 새 없이 쏟아진다. 쏴아- 하는 소리가 들리는 듯하다. 초록으로 우거진 나무와 흙에 젖어든 알싸한 비 냄새가 코끝에 떠오른다. 빈센트는 작열하는 태양을 많이 그렸던 화가로 기억된다. 노랗게 타오르는 태양과 해바라기. 뜨거운 태양이 내리쬐는 그의 그림은 물기 하나 없이 바싹 말라 있다. 태양은 그에게 희망의 상징이었다. 그는 비현실적으로 선명한 노란색을 사용해 불안한 현실을 잠시나마 잊었다. 언젠가는 이 어둠이 걷히고 해가 뜰 거야. 어둠 속에 있는 사람이 빛을 갈망하듯 그렇게 빈센트는 빛나는 것들을 캔버스에 담았다.

하지만 나는 굵은 빗줄기를 가득 그린 이 작품에서 또 다른 희망을 읽는다. 하늘은 두꺼운 구름으로 뒤덮였고 풍경은 우중충하다. 빛이라곤 없는 날씨. 그러나 땅을 뚫을 듯 쏟아지는 비

7-1 〈비|*Rain*〉
1889, 캔버스에 유채, 73.3×92.4cm, 필라델피아 미술관

는 생명을 잉태하고 있다. 나무와 곡식은 비를 머금고 더욱 풍성하게 자라날 것이다. 먼지는 깨끗이 씻겨나가고 세상은 물기로 반짝일 것이다.

빈센트는 1889년 5월부터 1890년 5월까지 1년간 생 레미드 프로방스의 정신병원에서 생활했다. 자신에게 치료가 필요함을 느끼고 스스로 입원했다. 병원 생활이 답답했지만 이곳에서도 창작 활동을 멈추지 않았다. 특히 그가 관심을 가진 주제는 병원 뒤쪽으로 펼쳐진 밀밭이었다. 밀밭은 낮은 벽으로 둘러싸여 있었다. 경계 없이 광활한 들판과는 분명 다른 느낌의 장소였다. 빈센트는 자발적으로 입원을 선택했지만 자신이 갇혀 있음을 항상 인식하고 있었다. 벽 안의 밀밭에서 열심히 일하는 농부에게서 어쩌면 동질감을 느꼈으리라. 병원에 입원해서도 열정적으로 작업했던 그의 모습이 성실한 농부와 닮았다.

다음 두 그림을 보자. 같은 밀밭을 배경으로 그렸지만 분위기가 확연히 다르다. 1889년 6월에 그린 〈수확하는 사람〉은 온통 노란빛이다.[7·2] 한여름의 찌는 더위로 캔버스가 녹아내릴 것 같다. 〈밀밭의 농부〉는 더위가 한물가고 선선해졌다.[7·3] 1889년 10월, 청명한 가을날을 담은 그림이다. 기분 좋은 산들바람이 불어온다. 농부는 수확한 밀을 옮기고 있다. 빈 땅에는 씨앗이 또 뿌려질 것이다. 삶과 죽음은 그렇게 순환한다.

이 밀밭에 소나기가 세차게 내리던 날을 그린 작품이 바로 앞서 본 〈비〉이다. 낮은 벽이 밀밭을 에워싸고 있다. 그 위로 장대비가 쏟아진다. 비는 벽이라는 경계에 상관없이 온 대지를 적신다. 빈센트는 이 무렵 테오에게 쓴 편지에서 이 그림에 대해 언급한다.

> 여전히 우울하지만 건강은 생각보다 괜찮아.
> 처음 이곳에 왔을 때보다 기분이 많이 나아졌어.
> 지금은 빗방울 효과rain effect를 써서 그림을 그리고 있어.
>
> 　　　　✐ 1889년 11월 3일, 생 레미 드 프로방스에서 테오에게

'빗방울 효과'는 기울어진 대각선으로 비를 표현하는 것이었다. 간단한 방법이다. 하지만 이 선들만으로도 세찬 빗방울을 정확히 묘사할 수 있었다. 이 방법은 당시 그가 매료되어 있었던 일본 판화에서 영감을 얻은 것이었다. 그중에서도 일본 목판화가 안도 히로시게*의 작품에서 강한 영향을 받았다.7·4 빈센트는 히로시게의 그림을 좋아했고 그의 그림을 여러 점 모작하기도 했다. 하지만 완전히 똑같이 베낀 것은 아니었다.7·5 〈빗속의 다리〉는 구도와 등장인물, 배경 등을 히로시게 작

　◆ 안도 히로시게(安藤広重, 1797-1858): 일본 우키요에 판화의 대가 중 한 사람이다. 풍경화와 풍속, 생활상 등을 담은 작품을 제작했다. 주요 작품은 〈동경 명소東都名所〉, 〈에도 명소 100경名所江戸百景〉이다.

7-2 〈수확하는 사람Korenveld met maaier en zon〉
1889, 캔버스에 유채, 73×92cm, 크뢸러 뮐러 미술관

7-3 ⟨밀밭의 농부*Enclosed Field with Peasant*⟩
1889, 캔버스에 유채, 76.2×95.3cm, 인디애나폴리스 미술관

7-4 안도 히로시게, 〈아타케 대교의 소나기大はしあたけの夕立〉, 1857, 채색 목판화,
33.8×22.6cm, 반 고흐 미술관

7-5 〈빗속의 다리(히로시게 모작)*Brug in de regen(naar Hiroshige)*〉, 1887, 캔버스에 유채,
73.3×53.8cm, 반 고흐 미술관

품에서 차용했지만 빈센트의 개성적 화풍이 살아 있는 그림이다. 빠르게 흐르는 강의 물결을 묘사한 짧은 붓질은 빈센트의작품에서 쉽게 찾을 수 있는 특징이다. 빗방울 효과에서도 차이가 보인다. 히로시게가 단일한 직선으로 빗방울 효과를 나타냈다면 빈센트는 직선에 대각선을 더해 좀 더 생동감 있게 비를 그렸다. 바람 때문에 이리저리 날리는 빗방울이 다리를 두드리는 경쾌한 소리가 들리는 듯하다. 빈센트는 〈빗속의 다리〉와 〈비〉를 비롯해 여러 작품에서 빗방울 효과를 사용했다.[7-6, 7]

그는 죽음이 얼마 남지 않은 시기에도 빗방울 효과를 담은작품을 그렸다. 생 레미 드 프로방스의 정신병원에 약 1년간 입원해 있었던 빈센트는 퇴원한 후에 오베르 쉬르 우아즈◆로 이사한다. 이곳에서 인생의 마지막 석 달을 보낸다. 〈비 내리는오베르의 풍경〉은 이 시기 동안 완성한 작품 중 하나이다.[7-8]

오베르는 덥고 건조한 남프랑스와 달리 시원하고 비가 자주 오는 지역이었다. 이런 기후 변화는 빈센트의 심리에도 영향을 주었다. 오베르에서 그는 느긋하고 따뜻한 남부 지방에있을 때보다 더 깨어 있는 느낌을 받았다. 생애 마지막 열흘 동

◆ 오베르 쉬르 우아즈(Auvers-Sur-Oise): 프랑스의 북중부에 있는 마을로파리에서 북서쪽으로 약 27.2킬로미터 정도 떨어져 있다. 19세기에 반 고흐, 폴 세잔, 카미유 피사로 등의 화가들이 이곳에 정착해 예술 활동을 한것으로 유명하다.

7-6 〈비 내리는 공원을 산책하는 사람들*Straatgezicht met wandelaars*〉, 1886, 종이에 분필, 10×14cm, 반 고흐 미술관

7-7 〈벽으로 둘러싸인 들판에서 비를 맞으며 씨 뿌리는 사람*Enclosed Field with a Sower in the Rain*〉, 1890, 종이에 연필, 23.3×31.6cm, 폴크방 미술관

안 오베르의 풍경을 담은 그림을 열두 점이나 그릴 정도로 그는 광적으로 작업했다. 〈비 내리는 오베르의 풍경〉은 폭풍우가 몰아치는 장면을 그린 것이다. 작은 마을, 들판, 뾰족한 녹색 나무들이 무섭게 쏟아지는 비에 숨죽이고 있다.

빗방울 효과는 〈비〉에서보다 더 굵고 거칠게 나타난다. 캔버스에는 여유나 빈틈이 전혀 없다. 클라이맥스로 치닫는 베토벤 교향곡처럼 몰아치는 감정을 그대로 던져낸 듯 강렬한 그림이다. 빈센트는 1890년 7월 27일에 이 작품을 완성한다. 그리고 이틀 뒤 세상을 떠난다. 〈비 내리는 오베르의 풍경〉을 보고 있으면 빈센트의 욕망, 좌절, 고통이 날것 그대로 느껴진다. 하지만 그에게 자연은 피난처였다. 오베르에 내리는 비를 보면서 여전히 감탄했으리라. 온 세상이 비에 젖어 있는 장면은 얼마나 아름다운가!

문수가 이혼을 외치던 날, 왜 하필 비가 왔을까. 이는 그녀가 금기를 어기고 있다는 사실을 부각하기 위한 장치다. 문수에게 있어 금기는 이러한 것이다. 황제의 두 번째 부인으로서 주어진 역할에 최선을 다할 것, 자유에 대한 욕망을 품지 말 것. 그리고 또 하나, 비 오는 날은 우산을 써야 할 것. 우리는 비가 오면 우산을 써야 하고, 비를 맞으면 안 된다고 배워왔다. 누가 가르친 것두 아닌데 우산이 있으면서도 일부러 비를 맞는 건 미친 짓이라고 여긴다. 하지만 그녀는 이 모든 금기에 개의치

7-8 〈비 내리는 오베르의 풍경Rain·Auvers〉
1890, 캔버스에 유채, 50.3×100.2cm, 웨일스 카디프 국립 미술관

않고 비로소 자신이 무엇을 원하는지 절실히 깨닫게 된다.

비 오는 장면을 보며 감탄했던 빈센트도 언제나 금기에 도전했던 인물이었다. 당대의 화풍에 따르지 않았고 자신만의 스타일을 고집했다. 사랑해선 안 된다고 여겨졌던 여인을 진심으로 사랑했다. 감정에 치우쳐 귀를 자르기도 했고 귀가 잘린 모습을 자화상으로 남기는 대담함도 보였다. 팔리지 않는 그림을 그린다는 비판에도 굴하지 않았다. 빈센트는 평탄한 길을 두고 어려운 길을 택했다. 그래서 불행했을지도 모른다. 하지만 우리는 그런 빈센트를 지금까지도 기억하고 사랑한다.

안락한 삶을 버리고 빗속으로 달려간 문수가 이후 어떻게 살았는지 영화는 끝내 설명해 주지 않는다. 금기를 깬 자들에게 이 세상은 결코 친절하지 않다. 그럼에도 그녀는 자신이 원하는 진짜 삶을 살았으리라.

주말 내내 비가 내린다. 빈센트의 말처럼 온 세상이 비에 젖어 있는 장면은 정말 아름답다.

8장

위대한 것은 충동만으로
이루어지지 않는다

Vincent van Gogh

위대한 것은 충동만으로 이루어지지 않는다.

작은 것들이 모이고 모여 이루어지는 것이지.

거짓말 한 번으로 인생을 바꿀 수 있다면 어떨까? 똑똑하고 야
망이 있었지만 가난한 부모 아래 태어나 원하는 것을 가질 수
없었던 소녀에겐 달리 선택권이 없었다. 창백한 얼굴의 소녀
는 거짓말을 밥 먹듯이 한다. 고향을 속이고 대학을 속이고 나
중에는 아예 타인의 신분을 도용해 살아간다. "나는 원하는 것
이면 뭐든 가져요." 배우 수지가 주연으로 열연했던 드라마 〈안
나〉 이야기다. 인간의 본성과 욕망이 적나라하게 드러나는 스
토리가 눈길을 확 끌었다. 단숨에 완결까지 정주행했다. 드라
마에는 나도 한 번쯤 상상해 봤던 장면들이 많이 나왔다. 내가
만약 저 사람의 인생을 살 수 있다면? 아무리 노력해도 도달할
수 없을 것 같았던 위치에 오른다면? 드라마를 보는 내내 '이유
미'라는 본래 자신의 이름을 버리고 '이안나'가 된 여자를 보며
대리만족을 느꼈다.

　안나는 상류층 남자와 결혼하기 위해 부모 역할을 해줄 연
기자를 고용한다. 안나, 그러니까 이유미의 진짜 부모는 시골

에서 가난하게 살고 있었다. 안나는 자신의 가짜 아버지, 어머니와 면담을 한 뒤 이렇게 말한다. "다음에 오실 때는 머릿결과 신발에 신경 써주세요." 그리고 덧붙인다. "진짜 부유함은 거기에서 드러나거든요." 텅 빈 눈으로 이 말을 하는 그녀는 너무도 지쳐 보인다. 꿈도 꿀 수 없었던 근사한 집에서 명품 옷과 가방, 신발을 두른 그녀는 시간이 지날수록 불행해진다. 가짜는 진짜를 이길 수 없기 때문이라는 걸 누구보다 잘 알고 있기 때문이었다. 안나는 유독 신발에 집착한다. 새틴 하이힐, 최고급 가죽 구두, 빛나는 보석으로 장식된 구두. 가늘고 높은 굽은 가녀린 그녀를 지탱하기에도 위태로워 보인다.

신발은 더럽거나 뾰족한 것들로부터 우리를 보호한다. 신발 덕분에 우리는 어디든 밟을 수 있다. 이런 실용적인 용도 외에도 다양한 상징을 내포한다. 신발은 정체성이기도 하다. 왕자는 주인을 잃은 유리 구두 한 짝으로 신데렐라를 찾아낸다. 신발을 보면 그 사람이 어디를 주로 다니는지 유추할 수 있다. 깨끗하고 편안한 생활을 하며 승용차를 타고 다니는 사람의 신발과 험한 일터를 오가는 이의 신발은 확연히 다르다.

어린 시절 내게 공포를 남긴 안데르센의 동화 『빨간 구두』는 신발에 관한 가장 기괴한 이야기가 아닐까. 장례식장과 성당에 갈 때도 화려한 빨간 구두를 신고 다닌 소녀 카렌은 미친 듯이 춤을 추는 저주에 걸린다. 카렌은 발목을 자르고서야 춤을 멈추게 된다. 가난한 홀어머니와 살았던 카렌은 원래 신발 한 켤레조차 살 수 없어 맨발로 다니던 아이였다. 부유한 노인에게 입양된 후 그녀는 반짝이는 빨간 구두를 갖게 되었다. 마치 이유미가 이안나가 된 뒤 아름다운 신발을 마음껏 신을 수 있게 된 것처럼. 카렌이 받은 저주는 때와 장소에 걸맞지 않게 허영을 좇은 대가였다.

신발이 정체성을 나타낸다면 이 신발의 누구의 것일까?[8-1] 낡고 헤진 가죽과 풀어헤쳐진 구두 끈. 세련된 장식조차 없는 투박한 모양. 흙구덩이를 마구 헤집고 다닌 것 같은 몰골이다. 왼쪽 신발은 오른쪽 신발과 달리 발목 부분이 접혀 있다. 신발 주인은 이런 것쯤은 안중에도 없는 무신경한 사람일까. 신발을 닦고 관리할 시간조차 없으며 녹록지 않은 생활을 하고 있는 사람임은 분명하다. 빈센트가 1886년 가을에 그린 이 작품은 너무 단순해서 오히려 심오한 상징을 숨기고 있을 것 같은 분위기를 풍긴다. 많은 이들이 빈센트의 신발 그림에 매혹되었다. 유명한 철학자들은 이 그림에 대해 각자의 해석을 쏟아냈고 반박과 옹호가 맹렬히 오갔다. 낡아빠진 신발은 그림 주제로 흔치 않았기 때문에 더욱 사람들의 이목을 끌었다.

철학자 마르틴 하이데거*는 이 신발을 하루하루 고된 노동을 이어가는 농부의 흔적이 농축되어 있는 사물이라고 보았다. 거친 바람이 불어도 묵묵히 밭고랑을 걸어가는 농부의 끈질긴

8-1 〈신발*Schoenen*〉
1886, 캔버스에 유채, 38.1×45.3cm, 반 고흐 미술관

발걸음이 담겨 있다고 해석한 것이다. 미술사학자 마이어 샤피로[♦♦]는 하이데거의 주장을 정면으로 반박한다. 그는 이 신발이 빈센트의 것이라고 보았다. 닳고 닳은 구두를 보며 가난한 농부를 떠올리는 하이데거의 상상력을 비판하며 사실적 근거를 제시했다. 우선 빈센트가 이 그림을 농부의 구두라고 언급한 적이 없으며 당시 네덜란드 농부들은 구두가 아닌 나막신을 신었다는 점을 지적했다. 이 논쟁에 끼어든 이가 철학자 자크 데리다[♦♦♦]였다. 그는 이 구두는 누구의 것도 아니라고 말한다. 과연 한 켤레의 구두가 맞는지도 의심스럽다는 것이다. 빈센트가 침묵하고 있으니 이 논쟁의 정답은 알 수 없다.

　아마도 빈센트는 이 신발의 주인이 누구인지는 중요치 않다고 말할 것 같다. 신발 그림을 총 아홉 점 그리면서 빈센트가 제목을 붙인 적은 없으며 현재 전해지는 제목은 모두 훗날 미술사가들이 붙인 것이다. 〈신발〉을 소장한 반 고흐 미술관에

♦　마르틴 하이데거(Martin Heidegger, 1889-1976): 독일의 실존주의 철학자. 하이데거는 『예술작품의 근원』(1950)이라는 책에서 빈센트가 그린 〈신발〉을 예술의 본질이 무엇인가를 설명하기 위한 사례로 들고 있다.

♦♦　마이어 샤피로(Meyer Schapiro, 1904-1996): 미국의 미술사학자. 샤피로는 「개인의 사물로서의 정물 ― 하이데거와 반 고흐에 관한 한 소고」(1968)에서 빈센트의 구두 그림을 해석한다.

♦♦♦　자크 데리다(Jacques Derrida, 1930-2004): 프랑스의 철학자. 후설의 현상학을 배운 후, 구조주의의 방법을 철학에 도입하였다.

따르면 빈센트는 그림 속 신발을 벼룩시장에서 샀다. 낡은 작업화를 산 뒤 신발이 더욱 더러워지도록 진흙탕 속을 걸었다. 그제야 이 신발이 그림을 그리기에 충분히 흥미로워졌다고 생각했다. 어쩌면 그는 밀레의 말을 떠올렸는지도 모른다.

> 밀레가 그림을 처음 시작하면서 한 말에 감명받았어.
> 그는 이렇게 말했단다.
> "내가 값비싼 구두를 신고 다니는 신사의 생활을 원한다면
> 사람들의 무관심이 슬프겠지만
> 나는 나막신을 신고 살아갈 생각이기에
> 무관심 따위는 별 상관없다."
>
> 　🖋 1885년 4월 13일, 뉘넌에서 테오에게

　여기서 '나막신'은 당시 농부들이 신던 신발로, 크로그라는 이름으로 불렸다.♦ 빈센트의 더러운 작업화와 밀레가 말하는 나막신은 값비싼 신발과는 완전히 상반된 물건이다. 빈센트는 밀레를 존경했고 그처럼 허영 없고 진솔한 예술가가 되기를 꿈꿨다. 특히 농부들이 하루하루 쌓아가는 정직한 노동을 높게

♦　나막신clog은 네덜란드어로 클롬펜klompen, 프랑스어로 사보sabot라고 불린다. 시골 농부들이 주로 신던 신발이다.

평가했으며 스스로를 농부에 비유하기도 했다.

나는 내 캔버스에 쟁기질을 합니다.

농부들이 그들의 밭에서 하는 것처럼 말이죠.

✒ 1889년 10월 21일, 생 레미 드 프로방스에서 어머니에게

빈센트가 생 레미 드 프로방스의 정신병원에 있을 때 그린
이 신발이 바로 나막신이다.[8-2] 뒷굽이 약간 높은 무난한 디자
인의 신발이다. 실용적인 용도 외에 다른 의미를 찾을 수 없을
만큼 단조로워 보인다. 가죽은 오래되어 빛이 바랬고 발등 부
분에는 주름이 졌다. 신발 주인과 오래한 세월이 한눈에 보인
다. 빈센트가 그린 낡은 신발을 신은 발들은 결코 요행을 바랄
수 없는 매일의 정직한 노동을 해왔다. 지겹고 피곤하더라도
꾸준히 걸어왔다. 일터를 향해, 가족들의 먹을거리를 살 시장
을 향해, 하루 일과를 마치고 소박한 집을 향해. 빈센트는 농부
들이 쟁기질을 하듯 그림을 그렸고 그러한 쟁기질이 모여 무언
가를 이루리라 믿었다.

어떻게 좋은 작품을 그릴 수 있을까?

그것은 보이지 않는 철벽을 뚫고 나가는 것과 비슷해.

그 벽을 어떻게 통과할 수 있겠니?

8-2 〈가죽 나막신 한 켤레*Een paar leren klompen*〉
1889, 캔버스에 유채, 32.2×40.5cm, 반 고흐 미술관

망치로 두드리는 건 전혀 도움이 되지 않아.

인내심을 가지고 천천히 벽을 허물다 보면

철벽은 언젠가 뚫릴 거야.

✒ 1882년 10월 22일, 헤이그에서 테오에게

빈센트는 뒤이어 말한다.

위대한 것은 충동만으로 이루어지지 않는다.

작은 것들이 모이고 모여 이루어지는 것이지.

　빈센트의 말처럼 단숨에 몇 계단을 올라가는 일은 인생에
드물다. 하루아침에 위대한 것이 이루어질 리 만무하다. 빈센
트가 좋은 작품을 그리고 싶었던 것처럼 누구나 좋은 것을 원
한다. 나 역시 동경하는 삶이 있다. 하지만 그런 삶은 거저 주
어지지 않는다. 철벽을 뚫어야만 겨우 얻을 수 있다. 망치를 들
고 막무가내로 그 벽을 부수고 싶지만 인생은 결코 그렇게 호
락호락하지 않다. 인내심을 갖고 지겹도록 반복해야 벽은 조금
씩 무너진다. 빈센트는 성공을 이룬 동료 화가들을 보며 또는
역사 속 위대한 화가들을 보며 많은 생각을 했을 것이다. 나도
저렇게 되고 싶다는 열망. 그러나 빈센트는 누구보다 확실하게
알고 있었다. 매일의 작은 노력들이 모일 때 실력은 조금씩 향

상되고 좋은 작품을 그릴 수 있게 된다는 것을. 지금 있는 자리에 서서 나만의 리듬에 맞춰 걸어가야 한다는 사실을 말이다.

때 묻은 갈색 구두 한 켤레가 바닥에 놓여 있다.8-3 구두가 놓인 곳은 아를에 있었던 노란 집의 붉은 타일 바닥이다. 이 그림은 앞선 신발 그림들과 달리 빈센트가 신발 주인을 직접 알려준다. "요즘 그린 것은 먼지투성이 엉겅퀴와 농부의 신발이야."(1888년 10월 3일, 아를에서 에밀 베르나르에게) 낡고 울퉁불퉁한 신발. 신발 끈은 이리저리 풀려 있고 앞코는 닳았다. 특히 이 작품 속 신발은 금방 누가 벗어놓은 것 같은 느낌이 든다. 양발을 이용해 선 채로 신발을 벗고 나면 저런 모양이 된다. 어쩌면 그림 속 신발은 빈센트 자신의 신발일지도 모른다. 방에서 신발을 벗고 정물화를 그리는 빈센트의 모습이 떠오른다.

밀레는 항상 어려운 환경 속에 있었지.

그가 쓴 편지 속에는 그런 내용들이 많이 나온단다.

하지만 그는 늘 이렇게 말했어.

"그럼에도 불구하고 나는 이런저런 작업을 했다."

(…) 밀레의 놀라운 점이 바로 그거야.

'그럼에도 불구하고 나는 해야만 한다'라는

단순하고 군더더기 없는 의지.

✐ 1882년 8월 20일, 헤이그에서 테오에게

8-3 〈신발〉
1888, 캔버스에 유채, 45.7×55.2cm, 메트로폴리탄 미술관

'그럼에도 불구하고.' 쉬워 보이지만 가장 어려운 말 중에 하나다. 어떤 부정적이고 어려운 점들이 나열되더라도 저 말이 뒤에 붙는 순간 앞선 말들은 의미를 잃는다. 힘든 일들은 무게를 잃고 대수롭지 않은 것이 된다.

주름지고 더러운 신발 한 켤레.[8-4] 누군가 벗어놓은 신발은 묘한 감정을 불러일으킨다. 뒤축이 낡은 아버지의 구두가 우리의 마음을 울리는 것처럼. 밑창이 깨끗한 조그만 신발은 세상을 떠난 아이가 살다간 짧은 세월을 증명하는 것처럼. 누군가 우리 곁을 떠나고 남은 신발은 그들이 걸어온 발자취를 담고 있는 것 같아 쉽게 버릴 수 없다. 빈센트가 그린 신발에도 우리를 끌어당기는 무언가가 있다. 그저 평범하고 못생긴 신발들이지만, 그 속에는 진짜 이야기가 담겨 있다. 고된 삶을 살아내는 한 인간의 진실한 스토리 말이다.

드라마 〈안나〉에서 안나는 자신에게 맞지 않는 신발을 신고 무작정 꼭대기로 올라가려 했다. 하지만 그녀는 한 가지 진리를 잊고 있었다. 가짜는 결코 진짜가 될 수 없고 요행으로 얻은 것은 금세 사라진다는 진리를. 하이힐 굽이 빠지고 구두가 부서지고 나서야 그녀는 깨닫는다. 우리의 삶은 충동으로 이루어지지 않는다. 작은 것이 모여 비로소 큰 것을 이룬다. 드라마의 결말에서 안나는 모든 것을 버리고 다시 처음으로 돌아간다. 온통 하얀 눈으로 뒤덮인 산 속에서 이름도 나이도 버린 채 조

8-4 〈신발〉
1887, 판지에 유채, 32.7×40.8cm, 반 고흐 미술관

용히 살아간다. 완전히 무無로 돌아간 것이다. 인내심을 가지고 천천히 걸어갔더라면 그녀의 인생은 어떻게 됐을까.

비록 실패하더라도, 그리고 때때로 절망감을 느끼더라도
그럼에도 불구하고 용기를 갖고 다시 일어서야 한다.
자신의 생각과 의지를 관철시키기 위해 노력해야 한다.

🖋 1882년 10월 22일, 헤이그에서 테오에게

빈센트의 신발들은 보잘것없지만 쓰레기통에 버려지지 않았다. 두 짝이 온전히 있으며 가지런히 놓여 있다. 신발들은 '준비되어 있다.' 언젠가는 신발의 주인이 다시 이 신발을 신을 것이다. 그리고 앞으로 나아갈 것이다. 그 길이 얼마나 험하든 주저하지 않고 한 발씩 내디딜 것이다. 빈센트의 신발에는 강한 의지가 담겨 있다. 계속 살아나가겠다는 집념이 투영되어 있다. 그가 그린 신발은 그래서 매력적이다. 아름답진 않지만 거짓이 없고 참되다. 시간이 흘러도 빈센트의 작품이 변함없이 사랑받는 이유가 바로 여기에 있다.

9장

서두를 필요는 없다

하지만 서두를 필요는 없다.

나는 가능한 한 규칙적이고 간결하게,

그리고 차분하고 침착하게 일을 계속할 거야.

오랜만에 친한 동생을 만나 하루 종일 수다를 떨었다. 나보다 여섯 살 어린 이 친구는 확실히 활력이 넘쳤다. 최근에 여자 친구도 생겼고, 적성에 맞는 일을 막 시작했다. 하고 싶은 것도 많고 갖고 싶은 것도 많은 나이. 그 나이 때의 나와 비교해 보면 요즘 이십 대는 욕구가 분명하다. 돈을 많이 벌고 싶어. 유명해지고 싶어. 내 분야에서 최고가 될 거야. 거침없이 내뱉는 말들에 무료하게 가라앉아 있던 내 몸도 함께 들썩이는 것 같았다. 그것도 잠시뿐. 사실은 말이야, 하고 말문을 열어 솔직하게 말해버렸다. 나는 요즘 쉬는 게 쉬는 것 같지 않고 뭘 해도 힘이 나지 않아. 왜 그럴까?

　　네모난 얼음이 동동 떠 있는 아메리카노를 홀짝이던 그 애가 고개를 갸우뚱거리며 말했다.

　　- 누나는 너무 생각이 많은 거 아냐?
　　- 잘 모르겠는데. 정말 그런가?

생각하는 척 말을 얼버무렸지만 사실은 정곡을 찔러버렸
다. 또다시 이어지는 질문.

- 정말 제대로 쉬어본 적이 있어?

그러고 보니 나는 쉬기 위해 놀러 간 곳에서도 뭔가를 해야
한다는 원인 모를 압박에 사로잡히곤 한다. 마냥 놀면 안 될 것
같은 불안감에 책이라도 읽으려 한다. 아니면 영화라도 한 편
보거나. 한 마디로, 쉬면서도 '생산적'인 무언가를 해야 안심이
된다. 선뜻 대답을 못 하니 친구가 턱을 괴며 진지해진다.

- 언제 가장 마음이 편하고 진짜 쉬는 것 같다고 느끼는지
  생각해 봐. 분명 있을 텐데.

아무리 머리를 굴려도 떠오르지 않는다. 잠자코 있자 마치
힌트라도 주듯 그 애가 말한다.

- 최근에 떠난 여행에서 굉장히 오래 기차를 탔거든.
  한 다섯 시간 정도?
  천천히 달리는 기차 안에서 커튼을 걷고
  흘러가는 풍경들을 멍하니 바라봤어.

머릿속에 잡다한 생각은 하나도 없이
그 장면을 보고 또 봤어.
그 순간 '내가 진짜 쉬고 있구나' 느껴지더라.

그 말을 들으니 하나 생각나는 게 있었다. 주저하며 말했다.

– 나는… 샤워할 때 그런 것 같은데.

맞다. 샤워할 때 나는 정말로 편안해진다. 따뜻한 물에 몸을
맡기고 흐르는 물줄기를 느낄 때, 해방감을 느낀다. 복잡하던
머릿속도 같이 씻겨 내려가는 기분. 몸을 씻는다는 행위에 오
롯이 집중하는 순간. 뽀득뽀득, 정성스럽게 구석구석 나를 돌
아보는 시간. 상큼한 향기가 나를 진하게 감싸는 행복. 샤워를
끝내기 아쉬워 모든 걸 다 헹궈냈는데도 샤워기 아래 한참이나
서 있곤 한다.

– 그럼 누나는 이제부터, 일상 속에서 샤워할 때의 기분을
찾으려고 해봐.

샤워힐 때의 기분을 찾기. 리듬감이 느껴지는 이 문장이 마
음에 들었다. 톡 쏘는 레몬향 바디워시의 부드러운 거품이 눈

앞에 떠올랐다. 잘 쉴 수 있는 좋은 방법을 얻은 것 같아 가슴 한쪽이 든든해졌다.

언제나 열정적이었던 빈센트도 쉬고 싶을 때가 있었을 것이다. 테오에게 계속 경제적 지원을 받을 수는 없으니 빨리 작품을 그리고 팔아야 했다. 동료 작가들은 하나둘 인정을 받기 시작하고 가까이 지냈던 고갱 또한 좋은 평판을 얻고 있었다. 조바심이 났을 것이다. 그리고 싶은 그림은 많은데 재료비는 감당할 수 없고 시간만 흐르는 것 같은 기분에 사로잡히는 건 당연했다. 건강이 좋지 않았던 빈센트는 자신의 몸이 앞으로 얼마나 버텨줄지 걱정한다. 6년에서 10년 정도는 작업을 더 할 수 있을 거라는 계산을 하기도 했다. 건강 때문에 일을 포기할 수는 없었다. 그는 동생에게 확고히 말한다.

나는 나 자신을 아끼지 않을 거야.
밀려오는 감정이나 어려움을 회피할 생각도 없단다.
내가 오래 살든 그렇지 않든 그건 중요하지 않아.
나는 의사가 아니니 건강에 대한 문제는
내가 어찌할 수 있는 일도 아니지.
나는 계속 해나갈 뿐이야.
몇 년 안에 내가 구상한 작업을 끝내야 한다는 마음으로.

1883년 8월 7일, 헤이그에서 테오에게

결과를 보여야 한다는 압박감, 뒤처지고 있다는 불안, 동생을 향한 미안함. 그런 모든 감정 속에는 '쉬고 싶다'는 작은 소망도 섞여 있지 않았을까.

하지만 **서두를 필요는 없다.** 그건 아무 소용이 없으니까.
나는 가능한 한 규칙적이고 간결하게,
그리고 차분하고 침착하게 일을 계속할 거야.
그것이 내가 이 세상에 태어난 이유라고 믿어.

"서두를 필요는 없다." 빈센트는 서둘러봐야 소용이 없다는 것을 잘 알고 있었다. 모든 일에는 때가 있는 법이다. 그는 자신과 비슷한 처지였던 예술가를 통해 위안을 얻기도 했다.

기욤 레가메*는 그다지 평판이 좋지 않은 사람이었지만
나는 그가 대단하다고 생각해.
그는 38세에 세상을 떠났어.
죽기 전 6, 7년의 기간 동안 그림에만 전념했지.
어려운 환경에도 불구하고 강한 의지를 갖고

───
* 기욤 레가메(Guillaume Régamey, 1837-1875): 19세기 후반에 프랑스 파리를 중심으로 활동한 화가로 전쟁화 분야에서 두각을 나타냈다.

영감이 가득 담긴 좋은 작품을 남겼단다.

(…) 나 역시 몇 년 안에 진심이 담긴 뭔가를 남기고 싶어.

기욤 레가메는 우리에게 잘 알려져 있지는 않지만 고유한 화풍의 작품을 남긴 프랑스 화가다. 특히 군대를 배경으로 한 그림들로 기억된다.[9·1] 빈센트는 아주 짧은 활동 기간 동안 회고될 만한 작품을 남긴 레가메의 삶에 특별한 인상을 받았다. 특히 불안한 상황 속에서도 자신만의 속도로 서두르지 않고 여유롭게 작업에 임한 것이 깊은 감명을 주었다. 언제나 자신을 몰아세우며 작업에 전력을 다했던 빈센트였지만 그 역시 안정적이고 평화로운 환경을 원했다.

빈센트는 1888년 초여름 어느 날, 지중해를 보기 위해 아를에 인접한 생트 마리 드 라 메르로 떠난다. 푸른 바다와 하늘을 화폭에 담고 싶었기 때문이다. 떠나기 며칠 전 테오에게 보낸 편지에서 이 소소한 여행 계획을 털어놓는다. 그리고 혹시 바람이 너무 많이 불어 그림을 그릴 수 없진 않을까 걱정한다. 여행을 앞둔 이의 설레는 마음과 작은 걱정들이 엿보인다. 실제로 빈센트가 만난 바다는 파랗지 않았다. 지중해는 "고등어처럼 녹색인지 보라색인지 알 수 없는 오묘한 빛으로 반짝였고 분홍색 또는 회색처럼 보이기도 했다."(1888년 6월 3일 혹은 4일, 테오에게) 그렇지만 변화무쌍한 바다는 한없이 아름다웠다.

9-1 기욤 레가메, 〈근위대 척탄병의 북을 치는 포대; 이탈리아 진영*Une batterie de tambours des grenadiers de la garde; campagne d'Italie*〉, 1865, 캔버스에 유채, 162×212cm, 포 미술관

빈센트는 곧장 화구를 집어 들고 이 멋진 풍광을 스케치하기 시작했다. 처음 그린 그림은 거친 바다 위에 떠 있는 배들이었다. 생트 마리 드 라 메르에서 데생 아홉 점을 그렸고 아를로 돌아와 유화로 완성했다. 먼저 그린 데생9-2은 이렇게 생생한 색채9-3로 재탄생했다.

바다는 거센 파도로 무섭게 일렁인다. 빈센트가 말했듯 바다는 종잡을 수 없는 여러 가지 색깔로 빛난다. 보고만 있어도 가슴이 탁 트이는 시원한 장면이다. 지 배들은 어디까지 나아갈 수 있을까? 해변과 멀어질수록 오히려 더 잔잔한 바다가

9-2 ⟨생트 마리의 고깃배들*Fishing Boats at Saintes-Maries-de-la-Mer*⟩
1888, 종이에 연필·펜·잉크, 24×32cm, 세인트루이스 미술관

9-3 〈생트 마리의 고깃배들*Zeegezicht bij Les Saintes-Maries-de-la-Mer*〉
1888, 캔버스에 유채, 51×64cm, 반 고흐 미술관

펼쳐질지도 모른다. 빈센트는 이 그림에 대해 "지나치게 파랗다"(1888년 6월 3일 혹은 4일, 테오에게)라고 말한다. 다채로운 색을 사용했지만 어쩔 수 없이 바다는 푸르다. 온통 푸른빛에 반기를 들 듯 빈센트는 강렬한 빨간색으로 서명을 남겼다. 그림 왼쪽 하단에 새겨진 붉은 서명은 그의 열정적인 기질과 개성을 숨김없이 보여준다.

바다와 쨍한 하늘, 각양각색의 배들에 매료된 그는 매일 해변을 찾았다. 두 번째로 그린 바다는 더욱 역동적이다.[9·4] 바다 위에 배가 훨씬 많아졌고 수평선 멀리까지 나아간 하얀 돛단배는 종이로 접은 배처럼 작게 보인다. 지중해의 작열하는 태양 아래 어부의 피부는 잘 구운 빵처럼 보기 좋게 그을렸다. 빈센트는 넘실대는 파도를 생생하게 나타내기 위해 물감을 두껍게 여러 겹 발랐다. 그래서 이 작품 속 바다는 만져질 듯 입체적이다. 서명은 처음 그린 작품에서보다 훨씬 작아졌다. 거의 눈에 띄지 않을 만큼 그림에 녹아들었다. 오른쪽 하단, 물결처럼 가볍게 일렁이는 서명처럼 생트 마리 드 라 메르에서의 휴식 덕분에 빈센트는 한결 편안해졌다.

두 번이나 바다를 그렸지만 사실 빈센트가 정말 그리고 싶었던 장면은 따로 있었다. 바로 해변에 정박해 있는 배들이다. 그 장면을 포착하기 위해 이른 아침마다 해변으로 나갔지만 번번이 실패했다. 배들은 늘 먼저 바다로 나가 있었다. 하지만 그

9-4 〈생트 마리의 바다*La mer aux Saintes-Maries*〉
1888, 캔버스에 유채, 44.5×54.5cm, 푸시킨 미술관

는 포기하지 않았다. 그리고 생트 마리 드 라 메르를 떠나는 날 아침, 마침내 원하던 광경을 만날 수 있었다.[9-5] 아직 돛을 올리지 않은 돛대가 나른하게 뻗어 있다. 배의 주인들은 나타나지 않았고 갈매기들만이 하늘을 비행하며 고요한 아침을 깨운다. 완벽한 휴식의 이미지다. 검은 잉크로 그린 데생에는 나중에 칠해야 할 색깔들이 표시되어 있다. 흰색blanc, 빨간색rouge, 파란색bleu. 데생 상단에 빈센트는 이렇게 적어두었다. "지중해 생트 마리에서의 추억." 그는 데생을 토대로 수채화[9-6]를 먼저 그렸고 이를 바탕으로 유화[9-7]를 완성한다.

〈생트 마리 드 라 메르 해변의 고깃배들〉은 그의 작품 중에서 몇 안 되는 평화로운 풍경을 담고 있다. 프랑스 남부의 한적한 바닷가. 갈매기 한 마리가 하늘을 유유히 날고 있다. 저 멀리 수평선은 민트색으로 빛나고 파스텔 톤의 하늘빛이 부드럽게 반짝인다. 철썩철썩, 해안가에 와 닿는 규칙적인 파도 소리가 들려오는 듯하다.

돛단배들이 먼 바다로 나아간다. 순서를 정하고 달리는 듯 일정한 간격을 두고 있다. 저 배들은 해가 지기 전에 고기를 가득 담은 채 돌아올 것이다. 아직 바다로 나가지 않고 모래에 몸을 기댄 배들도 보인다. 멀리 떠나는 친구들을 배웅하듯 여유롭게 자리를 지키고 있다. 이 배들은 지금 쉬고 있다. 언젠가 바다로 나가야 할 차례가 돌아오겠지만 그때가 오기 전까지는 잡

9-5 〈해변의 고깃배들*Bateaux de pêche sur la plage*〉
1888, 종이에 잉크와 갈대 붓, 39×53cm, 개인 소장

생각을 버리고 쉬는 것에 집중하고 있다. 나는 이 그림을 볼 때마다 서두를 필요는 없다고 말했던 빈센트의 진심을 본다. 그는 저만치 앞서가는 동료 화가들과 무섭게 흘러가는 시간을 보며 마음 졸였지만, 한편으론 자신의 속도에 맞게 작업하고 싶다는 소망을 가졌을 것이다. 이곳저곳을 여행하고, 아름다운 풍경을 보고, 평화롭게 그림을 그리는. 생트 마리 드 라 메르에서의 며칠은 빈센트에겐 드문 여유였다. 특히 해 질 녘 바다 산책은 그에게 잊지 못할 영감을 주었다. 빈센트는 테오에게 이렇게 고백한다.

9-6 〈해변의 고깃배들*Bateaux de pêche sur la plage*〉
1888, 종이에 수채, 40.4×55.5cm, 에르미타주 미술관

9-7 〈생트 마리 드 라 메르 해변의 고깃배들*Vissersboten op het strand van Les Saintes-Maries-de-la-Mer*〉, 1888, 캔버스에 유채, 65×81.5cm, 반 고흐 미술관

깊고 푸른 하늘은

코발트블루보다 더 진한 구름과

은하수처럼 옅은 청색의 구름들로 물들어 있었어.

하늘에는 초록빛이 도는 흰색, 연분홍색 별들이 반짝였지.

오팔, 에메랄드, 루비, 사파이어에 견줄 만큼

빛나는 별들이었어.

✐ 1888년 6월 3일 혹은 4일, 생트 마리 드 라 메르에서 테오에게

빈센트가 쓴 어떤 글보다 서정적이고 몽환적인 대목이다. 그리고 우리는 이 문장에서 기시감을 느낀다. 빈센트를 대표하는 작품 〈별이 빛나는 밤〉13-4은 바로 이 밤바다에서 예고되었던 것 아닐까. 지중해에서 보낸 느긋한 시간 동안 그가 얻은 아이디어는 미술사에 영원한 흔적을 남겼다. 별이 빛나는 푸른 바다는 별이 빛나는 푸른 밤이 되었다.

친구 에밀 베르나르◆에게 쓴 편지에는 이 여행에서 느낀 순수한 기쁨이 잘 담겨 있다.

해변에는 모래가 평평하게 펼쳐져 있어.

───

◆ 에밀 베르나르(Émile Henri Bernard, 1868–1941): 프랑스 출신 후기 인상파 화가. 반 고흐와 폴 고갱의 친구로 잘 알려져 있으며 폴 세잔에게도 영향을 주었다.

모래 위에는 빨간색, 파란색, 초록색의

작은 배들이 세워져 있지.

그 모양이 너무 아름다워서

꽃이 흐드러지게 피어 있는 것 같아.

✎ 1888년 6월 7일, 아를에서 에밀 베르나르에게

정박해 있는 배들 중 세 번째 배의 이름은 '아미티에Amitié'
이다. 프랑스어로 아미티에는 '우정'을 뜻한다. 마음이 통하는
친구들과 편안하게 쉬며 바쁜 일상을 잠시 잊기도 하는 것. 빈
센트는 그런 삶을 꿈꿨다. 나 또한 그런 삶을 꿈꾼다. 인생이라
는 바다를 제대로 항해하기 위해 필요한 것은 가벼운 바람, 함
께할 수 있는 동반자, 그리고 서두르지 않는 마음이다. 서두를
필요는 없다. 돛을 내리고 한적한 바닷가에서 충분히 쉬어도
된다. 그다음에 채비를 갖추어 또다시 바다로 나아가면 되는
것이다.

10장

용기 있는 화가는
캔버스를 두려워하지 않는다

용기 있는 화가는 캔버스를 두려워하지 않는다.

"당신은 할 수 없다"라는 주문을 깨고

열정적으로 작업하는 화가는 무서울 게 없단다.

한창 논문을 쓰느라 매일 도서관을 오가며 생활할 때, 대학원 친구가 이런 말을 했다. 정말 좋아하는 일을 아주 잘해서 그것을 직업으로 삼고 사는 사람은 10퍼센트도 안 된다고. 한 마디로 좋아하는 일을 하면서 돈까지 버는 사람은 정말 극소수라는 뜻이었다. 정확한 수치인지는 모르겠지만 그녀가 하고 싶은 말이 뭔지는 알 것 같았다. 대부분의 사람들은 자신이 좋아하는 일과는 무관한 직업을 갖고 살아간다. 그녀는 미술사가 좋아서 대학원에 왔지만 진짜 이 공부로 돈 벌며 살 수 있을까 고민이 된다고 했다. 미술사는 그냥 취미로 할걸, 우스개도 덧붙였다. 우리는 대학원을 졸업하고 각자의 길을 걷고 있다. 우는 소리를 했던 친구는 지금 미술관에서 열심히 일하고 있다. 가끔 만날 때면 그녀를 놀리며 말한다. 너는 좋아하는 일을 직업으로 삼았으니 네가 말했던 10퍼센트의 행운아가 된 것이라고.

　세상엔 꿈을 이루기 위해 미친 듯이 노력하는 사람들이 수없이 많다. 그들은 무명 시절을 견디며 언젠가 주인공이 될 날을 기다린다. 원하는 대학에 가기 위해 이를 악물고 공부하는 학생, 고시에 몇 년을 바치는 사람, 가수가 되기 위해 수십 번씩 오디션에 도전하는 사람. 유튜브에서 본 어느 무명 배우의 이야기도 그와 비슷했다. 그는 배우가 되고 싶다는 일념 하에 살아왔다. 그의 확고한 의지에 절로 고개가 끄덕여졌다. 문제는 그다음이었다. 그는 배우가 되고 싶다는 말만 할 뿐 진짜 노력은 전혀 하고 있지 않았다. 이런저런 핑계를 대며 오디션을 피했다. 단역은 초라해서, 어떤 배역은 나와 맞는 캐릭터가 아니어서, 시나리오가 마음에 들지 않아서. 그저 '배우를 꿈꾸는 무명 배우'인 상태로 머무는 것에 중독된 것처럼 보였다.

아니나 다를까, 이 영상에 정곡을 찌르는 댓글이 여럿 달렸다. 모두 다른 목소리로 말하고 있었지만 핵심은 바로 이 문장이었다. "저분은 자기 능력을 객관적으로 평가받는 것이 두려운 것 같아요. 평가를 받았다가 '배우 자질이 없는 사람'이 되는 것보다는 '배우가 될 가능성이 있는 사람'으로 머무는 것이 낫다고 생각하는 것처럼 보여요." 사실 그 무명 배우는 스스로 알고 있을지 모른다. 지금 자신의 실력이 배우가 되기엔 한참 부족하다는 것을. 하지만 부족함을 인정하고 부딪히며 발전해 나가기보다는 그냥 자신을 속여 버린다. 진실을 마주할 용기가 없기 때문이다. 이 댓글은 자기를 숨기고 포장하는 것에 익숙해진 사람은 결코 성장할 수 없다는 말을 하고 있었다.

많은 화가들이 빈 캔버스를 두려워하지.

하지만 **용기 있는 화가는 캔버스를 두려워하지 않는다.**

"당신은 할 수 없다"라는 주문을 깨고

열정적으로 작업하는 화가는 무서울 게 없단다.

　빈센트는 자신을 속이지 않았다. 화가를 꿈꾸는 이들은 많지만 그 꿈을 현실로 만드는 것은 다른 차원의 일이었다. 성과를 내려면 노력해야 했다. 결과가 기대했던 것에 미치지 못하더라도 일단은 그려봐야 했다. "너는 할 수 없어"라는 끈질긴 목소리를 이기는 방법은 시도해 보는 것뿐이라고 빈센트는 말한다. 이렇게 의기양양한 그조차도 빈 캔버스 앞에서 두려움을 느낀 적이 있었다. 그림을 본격적으로 그리기 시작한 지 2년이 지난 시기에도 그는 여전히 방황하고 있노라고 테오에게 고백한다. 화가를 계속할 것인지 말 것인지의 방황이 아니었다. 무엇을 더 연습하고 메워나가야 할지에 대한 고민을 하고 있다는 말이었다.

　빈센트는 끊임없이 부딪히는 중이었다. 더 나은 화가가 되기 위해, 원하는 그림을 그리기 위해. 화가 지망생이라는 편안한 상태에 머물 수도 있었을 것이다. 하지만 캔버스를 회피하지 않았다. 비어 있는 하얀 캔버스를 자신만의 시선과 감각으로 채우겠다는 목표 하에 수없이 붓질을 하고 셀 수 없이 실패한다. 그 과정 속에서 빈센트는 '빈센트다운 것'을 찾아가고 있었다. 그는 테오에게 언제든 충고를 해달라고 말한다. 쓰디쓴 충고를 기꺼이 받아들이고 성장해 나가겠다는 의지가 그토록 강했다. 자기 자신을 제대로 알아야 부족한 것을 발견하고 발전할 수 있다고 믿었기 때문이다.

빈센트가 그린 자화상은 빈 캔버스에 담대하게 맞섰던 일련의 기록이다. 스스로를 냉정하게 바라보기 위한 수련이기도 했다. 10년 동안 총 43점의 자화상을 그렸다. 캔버스 앞에서 팔레트와 붓을 들고 있는 자화상[10·1], 낡은 모자를 쓴 자화상[10·2], 담배를 물고 있는 자화상[10·3], 귀를 자른 뒤 그린 자화상[10·4]……. 자화상 속 그는 도전적이거나 때로는 불만이 가득한 눈빛으로, 때로는 고독에 침잠한 눈빛으로 화면 밖을 바라보고 있다.

'자화상self-portrait'은 화가가 자신을 모델로 그린 초상화라는 의미다. 초상화를 그린다는 뜻의 'portrait'는 라틴어 *pro-trahere*에 뿌리를 두고 있다. 이 단어는 '끄집어내다, 발견하다'라는 뜻을 지닌다. 따라서 '자아'라는 뜻의 'self'와 'potray'가 합쳐져 만들어진 'self-portrait'라는 단어는 '스스로를 발견하다'라는 의미로 이해할 수 있다. 자화상을 자주 그린 화가들은 다른 누구도 아닌 자기 자신에게 관심이 많았다. 자신을

10-1 〈화가로서의 자화상*Zelfportret als schilder*〉
1888, 캔버스에 유채, 65.1×50cm, 반 고흐 미술관

10-2 〈회색 펠트 해트를 쓴 자화상*Zelfportret met grijze vilthoed*〉
1887, 캔버스에 유채, 44.5×37.2cm, 반 고흐 미술관

10-3 〈파이프를 물고 귀에 붕대를 감은 자화상Autoportrait à l'oreille bandée et à la pipe〉
1889, 캔버스에 유채, 51×45cm, 개인 소장

10-4 〈귀에 붕대를 감은 자화상*Self-Portrait with Bandaged Ear*〉
1889, 캔버스에 유채, 60×49cm, 코톨드 갤러리

멋있고 화려하게 표현한 화가
도 있고, 있는 그대로 솔직하
게 표현한 화가도 있다. 스스
로를 예수 그리스도에 비유
한 알브레히트 뒤러♦가 전자
라면[10-5] 불행한 상황과 늙어
가는 모습조차도 사실적으로
묘사한 렘브란트♦♦는 후자였
다.[10-6]

10-5 알브레히트 뒤러, 〈자화상〉, 1500년대,
석회에 유채, 67.1×48.9cm, 알테
피나코테크

　특히 빈센트의 자화상은
렘브란트의 자화상과 비교되
곤 한다. 우리는 그들의 자화
상을 보는 내내 마치 일기장을 훔쳐보는 듯한 기분에 사로잡힌
다. 당시의 심리 상태가 그림 속에 고스란히 담겨 있기 때문이
다. 미술사가 케네스 클라크는 이렇게 말하기도 했다. "렘브란

　　♦　알브레히트 뒤러(Albrecht Dürer, 1471-1528): 이탈리아 르네상스 미술을
　　　　경험한 선구적인 북유럽 미술가였으며 장인이기보다는 지식인이기를 원
　　　　했던 최초의 미술가로서 '르네상스인'이라는 수식어를 얻었다.

　♦♦　렘브란트 판 레인(Rembrandt Harmenszoon van Rijn, 1606-1669): 네덜란
　　　　드 황금시대의 대표적인 화가. 빛과 어둠을 극적으로 배합하는 키아로스
　　　　쿠로 기법을 사용하여 〈야경〉과 같은 수많은 걸작을 그렸고 당대에 명성
　　　　을 얻었다.

10-6 렘브란트, 〈자화상〉, 1659, 캔버스에 유채, 66×84.5cm, 워싱턴 내셔널 갤러리

트는 반 고흐를 제외하고 자화상을 예술적 자기표현의 주요 수단으로 만든 유일한 화가이다. 그는 자화상을 자서전으로 바꾼 최초의 예술가이다."◆

　빈센트는 자신의 얼굴을 종이에 여러 번 스케치했다. 왼쪽 윗부분이 소실된 이 스케치는 별로 크지 않은 종이에 그려졌다.10-7 잘린 부분에 그린 그림은 작은 자화상일 것이라 추측된다. 그러니 한 장의 종이에 세 번이나 자화상을 그린 셈이다. 오른쪽 윗부분에는 얼굴의 각 부분을 연습한 스케치가 남아 있다. 간결하게 그린 데생이지만 가운데 그려진 빈센트의 모습은 완성도가 높다. 그는 이 스케치를 바탕으로 자화상을 그렸다. 옆으로 비스듬히 고개를 돌려 앞을 바라보는 이 구도를 특히 마음에 들어 했던 것 같다. 현재 남아 있는 자화

――　◆ Kenneth Clark, *An Introduction to Rembrandt*, Harper & Row, 1978, p.11

10-7 〈자화상〉
1887, 종이에 연필·펜·잉크, 31.1×24.4cm, 빈 고흐 미술관

상 역시 주로 이 구도를 취한다. 당당하게 정면을 바라보고 있었던 뒤러의 자화상에 비해 빈센트의 자화상은 내성적이고 불안정한 느낌을 준다. 실제 성격이 자화상에 그대로 담겨 있는 것이다.

마지막 자화상[10-8]에서도 진정한 자신을 끄집어내려는 노력은 이어진다.◆ 깔끔한 정장 재킷을 걸치고 입을 굳게 다문 빈센트가 보인다. 화면 밖의 우리를 보고 있는 듯하지만 사실 그는 자기 자신을 바라보고 있다. 자화상 작업을 할 때는 거울을 사용하기 때문이다. 그의 에메랄드 빛 눈동자가 투명하게 빛난다. 미간에 힘을 주고 살짝 찡그린 눈꺼풀은 긴장감을 자아낸다. 꼿꼿한 자세에서는 고집마저 느껴진다. 그런 빈센트의 모습과 반대로 물에 탄 듯한 연두색과 하늘색이 뒤섞인 배경은 마구 소용돌이치고 있다. 자신을 둘러싼 어떤 환경에도 휘둘리지 않으려는 의지가 선명하게 전달된다. 마치 몰아치는 비바람 속에서도 당황하지 않고 중심을 잡으려는 사람처럼 보인다.

사람들은 자신을 아는 것이 어렵다고 말하지.

──── ◆ 이 작품이 마지막 자화상이라는 주장에는 이견이 있다. 마지막 자화상이라 언급되는 또 다른 작품은 〈수염이 없는 자화상Autoportrait sans barbe〉(1889, 캔버스에 유채, 40×31cm, 개인 소장)이다. 어머니의 생일 선물로 그린 작품으로 알려져 있다.

10-8 〈자화상*Portrait de l'artiste*〉
1889, 캔버스에 유채, 65×54.5cm, 오르세 미술관

나도 그 말에 동의한다.

하지만 자신을 아는 것만큼이나

자신을 그리는 것도 쉽지 않은 일이란다.

자화상을 그리는 요즘, 이런 생각을 자주 한단다.

✎ 1889년 9월 5일 혹은 6일, 생 레미 드 프로방스에서 테오에게

빈센트는 그림과 편지를 통해 늘 이렇게 말한다. "어려운 길임을 알지만 그럼에도 불구하고 계속해서 노력할 거야." 그런 그는 언제나 나를 반성하게 한다. 유튜브의 무명 배우 영상에 달린 댓글에 한동안 멍했던 것도 나 자신이 부끄러웠기 때문이다. 글을 쓰고 싶다는 말만 하면서 한 글자도 쓰지 않았던 몇 년 전의 내 모습이 떠올랐다. 모두들 말했었다. "너는 언젠가 책을 쓸 거잖아." 그 말에 별다른 대꾸를 하지 않았지만 내심 기분은 좋았다. 글을 좀 잘 쓰는 사람으로 인정받았던 그 시기가 편안했었다. 성과를 보여주지 않아도 나는 '작가가 될 가능성'이 있는 사람이었으니까.

그 상태에서 벗어나 진짜 글을 쓰기까지는 정말 많은 노력이 필요했다. 확신도 없었다. 내가 글 하나 쓴다고 사람들이 읽기나 할까? 그런데 시간을 투자하고 부딪치다 보니 생각지도 못한 결과들이 내게 왔다. 도전하지 않고, 그저 가능성에 중독된 상태로 머물렀다면 절대 경험할 수 없는 성과들이었다.

자신에게 솔직해지기란 생각보다 어려운 일이다. 나는 나를 가장 잘 알기도 하지만 가장 쉽게 속일 수도 있다. 현실을 직시하는 것은 가슴이 아프고 괴롭다. 하지만 지금 어디에 서 있는지를 확실히 알아야만 다음 목적지를 정할 수 있다. 이 길이 아니라면 다른 길로 갈 기회를 얻을 수도 있을 테고. "당신은 할 수 없다"라는 주문을 깨고 한 걸음 나아갈 때 우리는 성장한다. 캔버스를 두려워하지 않고 원하는 그림을 그릴 수 있게 된 화가처럼, 그동안 바라왔던 삶을 살 수 있게 된다.

11장

나는 나다워지기 위해
항상 노력하고 있어

Waarde Theo, Inliggend een paar interessante bladzijden over kleur namelijk de groote waarheden waarin Delacroix geloofde.

Zoog daarbij "les anciens ne prenaient pas par la ligne mais par les milieux." dat is de cirkel of ellipsvormige basissen der massa's beginnen in plaats van den contour -

Dat loutle vond de juiste woorden voor in het boek van Gigoux. doch de zaak zaak zelf hield me al langbezig. My dunkt naarmate t geen mensch gevoeld is en leven heeft wordt het gecritiseerd en valsch ergens op. doch tevens overwint het op den duur de critiek.

T geen gy meschryft over Hortien dat my zeker veel genoegen, doch het zal de vraag wezen of hy volhoudt. Alleen ik weet dat ze bestaan zekere nog al zeldzame lui die voor de charbonniers hebben en door de publieke opinie of niet heen & weer Gewogen worden.

Dat hy er personnaliteit in bespeurde doet me regt veel genoegen en trouwens meer & meer zich zelf te zyn t me onverschillig latende betrekkelyk of men het heel leelyk of beter vindt. Dat wil niet zeggen t me onverschillig zou wezen of Mortien bezig by de opinie die hy heeft opgevat - integendeel ik zou trachten dingen te maken die hem er in versterken.

유독 인생이 평탄해 보이는 사람이 있다. 별다른 어려움 없이 원하는 것을 얻고, 행복한 삶을 사는 사람. 누군가에겐 오랜 시간 염원해도 이루어지기 어려운 일들이 그 사람에겐 당연한 듯 주어지기도 한다. 이런 사람이 가까이에 있다면 신기함을 넘어서 어쩔 수 없는 부러움에 빠져든다. 저 이는 어떤 복을 타고났을까? 뭐만 하면 다 잘되는 이유가 뭘까? 내겐 평범해 보이는 것도 어려울 때가 많은데. 이런 감정은 하루하루가 힘들고 우울할 때 더 터져 나오곤 한다. 신세를 한탄하다가 끝없는 좌절감에 울기도 했다. 결국은 마음을 추스르고 내 삶으로 돌아와야 하지만 그런 마음의 상처는 언제든 터지기 일쑤다.

어릴 때는 이것이 노력의 차이라고 생각했다. 내가 부족했기 때문에, 조금 더 노력하지 않았기 때문에. 그래서 무엇이든 열심히 하려고 했다. 내게 주어진 건 소홀히 하지 않으려고 했다. 어떤 결과가 나와도 후회하기는 싫었다. 그런데 살다 보니 노력만으로 되는 건 정말 얼마 되지 않았다. 애쓴 만큼 다 잘된다면 누가 힘들어할까. 애써도 잘 되지 않는 것투성이라는 건한 살을 먹고 한 해를 돌아볼 때 더욱 절실히 느낀다. 올해는 꼭이루겠노라 다짐하며 적어두었던 체크 리스트에 고작 몇 개를제외하곤 아무것도 제대로 된 게 없다는 사실이 착잡할 때도많다. 하지만 어쩌리. 이게 인생인걸. 내가 울고 있을 때 누구는한없이 기쁜 일에 행복해하는 게 어디 한두 번이었나.

내가 가장 힘들었던 감정이 바로 이런 상황에서 비롯된 질투였다. 잘된 사람과 나를 끊임없이 비교하고 솟아오르는 질투심에 슬퍼했다. 누구에게도 고백한 적 없는 솔직한 마음이다.부러워하는 마음은 질투가 되고 나를 갉아먹는 독이 된다. 잘알고 있지만 가끔 조절이 안 될 때가 있다. 어떻게 이 순간을 다스려야 할까.

운이 좋고 성공한 사람들이 난 부럽지 않아.
왜냐하면 그 이면에서 너무 많은 것을 보았기 때문이야.

🖋 1883년 12월 28일, 뉘넌에서 테오에게

빈센트는 이렇게 말한다. 운이 좋은 이들이 부럽지 않다는말은 진심일까? 그러면 정말 그랬으리라. 그는 타인을 부러워하지 않을 만큼 스스로에 대한 믿음이 강했다. 그것이 삼십 하고도 몇 년에 불과한 그의 짧고 지난한 생을 이끈 힘이었다.

동료 화가들은 마음이 따뜻한 것처럼 보이지만

다른 이들을 무너뜨리려고 하는 적대감 또한 가지고 있어.

그건 아주 좋지 않아.

어차피 이 사회에는 적대감이 충분하니까

우리라도 서로 돕고 믿어야지.

(…) 질투는 많은 사람들을 악의적으로 만들어.

(…) 질투 때문에 그들의 주변은 사막처럼 변하고 말아.

그건 너무 불행한 일이야.

🖋 1883년 2월 4일, 헤이그에서 안톤 판 라파르트♦에게

빈센트는 동료 화가였던 안톤에게 쓴 편지에서 속내를 털어놓는다. 당시 화가들끼리 질투나 적대감을 느끼는 건 흔한 일이었다. 저 사람을 이기고 내가 유명해져야겠다는 생각은 어찌 보면 당연했다. 모두가 다 성공할 수는 없었다. 하지만 예술가 공동체를 만들어 함께 작업하고 의지하기를 꿈꿨던 빈센트에게 다른 화가들이 서로를 향해 갖는 질투심은 이해하기 힘든 것이었다. 동료끼리 돕고 믿는다면 다 잘될 수 있지 않을까? 나는 나대로, 너는 너대로 멋진 작품을 만들어낼 수 있을 텐데.

♦ 안톤 판 라파르드(Anthon van Rappard, 1858-1892); 네덜란드 출신 화가. 암스테르담 라익스 아카데미에서 공부했다. 빈센트와는 1880년대 초반에 교류했다. 34살의 젊은 나이에 세상을 떠났다.

부러움에서 비롯된 경쟁심은

서로에 대한 존중을 바탕으로 한 노력과는 달라.

나는 질투에 아무런 가치가 없다고 생각해.

동료 화가의 실력을 인정하고

좋은 점을 배우려는 태도야말로

진정한 우정이라고 할 수 있겠지.

🖎 1883년 3월 21일, 헤이그에서 테오에게

테오에게 말한 것처럼 빈센트는 질투나 경쟁심을 경멸했다. 그보다는 동료의 실력을 인정하고 장점을 배우려는 자세를 가져야 한다고 믿었다. 보기 드문 심성이다. 나보다 뛰어난 이를 인정하려면 쓸데없는 자존심을 버려야 한다. 대부분의 사람은 그러지 못해서 타인을 폄하하고 그의 업적을 별것 아닌 것으로 치부해 버린다. 그것이 차라리 마음 편하기 때문이다. 하지만 빈센트는 그런 태도야말로 우리 주변을 사막으로 만드는 안타까운 일임을 알고 있었다. 그에게도 평생을 따라잡지 못한 친구가 있었다. 사교적이고 인기가 많았으며 예술적으로도 인정받았던 폴 고갱이 바로 그런 친구였다. 빈센트와 고갱은 각자의 인생에서 지울 수 없는 흔적이었다.

빈센트가 노란 집의 스튜디오에서 그린 고갱이다.11·1 황마 위에 그린 작은 초상화다. 황마는 갈색 빛이 도는 모시 재질의

11-1 〈고갱의 초상*Portret van Gauguin*〉
1888, 황마에 유채, 38.2×33.8cm, 반 고흐 미술관

천으로 캔버스보다 저렴했는데, 고갱이 아를에서 구입한 뒤 빈센트에게도 나눠준 것이었다. 황마는 캔버스보다 매끄럽게 칠하기 어려운 재질이다. 그래서 빈센트는 물감을 두껍게 칠해야 했다. 빨간 베레모를 쓰고 초록색 외투를 걸친 고갱이 마치 만화 캐릭터처럼 간결한 선으로 표현되어 있다. 빈센트는 테오에게 이렇게 썼다. "요즘 고갱은 여자들이 목욕하는 그림을 그리고 있어. 노란색을 배경으로 호박과 사과가 있는 커다란 정물화도 그리고 있지."◆ 빈센트가 그린 초상화 속 고갱 앞으로 노란 배경과 주황색 호박의 윗부분이 조금 보인다. 고갱이 정물화를 그리는 동안 빈센트는 이 초상화를 그렸다.

두 사람의 기질은 아예 달랐지만 묘하게 서로에게 이끌렸다. 빈센트는 고갱에게서 자신에게 없는 담대함, 유머, 사람을 편하게 하는 능력을 보았다. 고갱의 예술적 재능 또한 뛰어났다. 그는 고갱을 질투하기보다 가까워지고 싶어 했다. 진지하게 작업하고 있는 친구의 초상화를 그리는 빈센트의 눈빛은 애정으로 빛났다. 빈센트가 독특한 성격의 소유자라는 것을 알고 있었던 고갱 역시 그에게서 훔칠 수 없는 열정을 엿보았다. 〈해바라기를 그리는 반 고흐〉11·2에는 내성적이고 조용한 빈센

◆ 1888년 11월 21일, 아를에서 테오에게. 이 편지에서 빈센트가 언급한 고갱의 작품은 현재 소실되었다.

11-2 폴 고갱, 〈해바라기를 그리는 반 고흐 Vincent van Gogh zonnebloemen schilderend〉
1888, 캔버스에 유채, 73×91cm, 반 고흐 미술관

트의 모습이 잘 드러나 있다. 하지만 고갱은 친구가 내면에 감추고 있는 뜨거운 열기를 누구보다 가까이에서 느끼고 있었다. 해바라기는 정열을 상징했다. 해바라기와 같은 색깔의 주황색 수염을 기른 빈센트는 꼭 해바라기의 분신처럼 보인다.

빈센트는 고갱보다 둘의 관계에 대해 좀 더 진지하게 생각했다. 그가 발작으로 어쩔 수 없이 정신병원에 입원했을 때 두 사람은 떨어져 있어야 했다. 이때 빈센트가 그린 〈고갱의 의자〉는 친구의 빈자리를 떠올리며 완성한 그림이었다.[11-3] 주인이 없는 의자. 하지만 이 의자는 단순한 정물화가 아니었다. 〈고갱의 의자〉는 고갱의 초상화였다.

> 호기심 많은 예술가인 고갱.
> 좋은 그림은 좋은 행동에서 비롯된다고 믿는 친구.
> 발작 때문에 어쩔 수 없이 정신병원에 들어온 탓에
> 우리는 헤어져야 했지.
> 나는 '그의 빈자리'를 그리려고 해.
> 짙은 적갈색 나무로 된 그의 안락의자.
> 앉는 부분은 녹색 짚으로 돼 있어.
> 그 위에 놓인, 불이 켜진 촛대와 몇 권의 현대 소설들.
>
> ✐ 1890년 2월 10일, 생 레미 드 프로방스에서 알베르 오리에에게

녹색 벽에 걸린 촛불이 방을 밝힌다. 바닥에는 자잘한 무늬가 있는 어두운 붉은색의 도톰한 카펫이 깔려 있다. 그 위에 고갱의 의자가 있다. 적갈색 안락의자는 견고해 보인다. 곡선으로 된 팔걸이와 다리 부분에서 장식적인 멋이 느껴진다. 앉는 부분은 녹색에 황색 줄무늬가 수놓인 쿠션으로 덮여 있다. 불이 켜진 촛대와 표지가 보이지 않는 책 두 권. 빈센트가 생각하는 고갱은 이런 모습이었다. 멋스럽고 당당하다. 의자는 주인을 향해 두 팔을 활짝 벌리고 있다. 튼튼한 다리는 거만하게 밖으로 뻗어 있다. 의자 쿠션 위에서 빛나고 있는 촛대는 남성적

이고 저돌적이다. 옆에 놓인 책은 지적인 이미지를 더해준다.

얼마 뒤 빈센트는 자신의 의자도 그렸다.[11·4] 고갱의 의자와 한 쌍을 이루는 작품이었다. 빈센트의 의자는 고갱의 의자와 너무 다르다. 팔걸이조차 없는 이 소박한 의자는 빈센트가 바라보는 자신의 초상이었다. 투박한 나무로 된 등받이와 다리는 실용적일 뿐 어떠한 장식적 요소도 없다. 앉는 부분도 평범한 짚으로 엮은 쿠션이다. 고갱의 의자가 폭신한 카펫 위에 있었다면 빈센트의 의자는 딱딱한 타일 바닥 위에 놓여 있다. 의자 주인은 애착을 갖고 이 의자를 사용했다. 비록 아름답진 않지만 아무런 불편함이 없기에. 의자 위에는 담배 파이프와 구겨진 종이들이 있다. 불이 붙어 있던 고갱의 의자 위 촛대와는 달리 빈센트의 파이프에는 담뱃불이 꺼져 있다. 조용하고 소심한 그의 성격이 드러난다. 빈센트는 두 개의 의자를 그리며 두 사람이 얼마나 다른지 더욱 확실하게 깨달았을 것이다. 애초에 둘은 어울리지 않았다. 얼마 가지 않아 두 사람은 결별한다.

빈센트와 고갱은 같은 대상도 다르게 받아들였다. 세상을 바라보는 두 사람의 시선이 달랐기 때문이다. 아를에 있는 카페를 그린 그림은 서로 다른 장소를 그린 것처럼 보인다. 빈센트가 그린 〈밤의 카페〉는 적막하다.[11·5] 사람들은 동떨어져 있고 각자의 생각에 잠겨 있다. 얼굴 표정도 희미하다. 빈센트는 이곳에서 철저한 이방인이었다. 카페 내부는 불이 환하게 켜져

11-3 〈고갱의 의자*De stoel van Gauguin*〉
1888, 캔버스에 유채, 90.5×72.7cm, 반 고흐 미술관

11-4 〈파이프가 있는 반 고흐의 의자*Van Gogh's chair*〉
1888, 캔버스에 유채, 91.8×73cm, 런던 내셔널 갤러리

11-5 〈밤의 카페Le Café de la Nuit〉
1888, 캔버스에 유채, 72.4×92.1cm, 예일대학교 미술관

11-6 폴 고갱, 〈아를, 밤의 카페*Café de Nuit, Arles*〉
1888, 황마에 유채, 73×92cm, 푸시킨 미술관

있지만 따뜻해 보이지 않는다. 인위적인 불빛은 잊고 있었던 향수병을 불러일으킬 것만 같다. 그는 이 그림을 그리기 위해 사흘 연속으로 밤을 새웠다.

반면 고갱이 그린 〈아를, 밤의 카페〉는 빈센트의 그림과 완전히 다른 분위기를 풍긴다.[11·6] 카페 여주인 마담 지누Madame Ginoux가 턱을 괴고 온화한 미소를 띠며 무언가를 바라보고 있다. 마담의 뒤로는 엎드려 잠을 자는 사람, 여럿이 모여 화기애애하게 시간을 보내는 사람들이 보인다. 이 카페에서는 따뜻한 수프와 부드러운 우유를 탄 커피를 마시며 몸과 마음을 녹일 수 있을 것 같다. 빈센트는 외로웠고 고갱은 언제나 많은 지인들 틈에서 활력이 넘쳤다.

이렇게 자신과 다른 친구를 보면서도 빈센트는 질투하지 않았다. 갖지 못한 것은 자신이 훨씬 많았음에도, 고갱을 따라잡고 이겨야겠다는 생각조차 하지 않았다. 그와 자신은 다른 존재이기 때문에, 그냥 각자의 자리에서 최선을 다하면 된다고 여겼다. 그렇기에 친구를 보며 조바심을 내거나 우울해하지 않을 수 있었다. 대신 고갱에게 장점이 있듯 자신에게도 자신만의 무기가 있다고 믿었다. 그것을 갈고닦기만 하면 되는 것이었다. 다른 누가 어떤 무기를 갖고 있는지는 중요치 않았다.

사람들은 어떤 것에 대해 매우 별로라거나

11-4a
〈파이프가 있는 반 고흐의 의자〉 부분

아니면 아주 좋다는 식의 의견을 내세우지.

난 그들의 생각에 되도록 흔들리지 않으려고 한다.

나는 나다워지기 위해 항상 노력하고 있어.

그는 누군가를 따라하거나 경쟁심을 갖고 따라잡기보다 '나다워지기 위해' 노력했다. 질투는 우리를 갉아먹고 주변으로부터 고립시킨다. 대신 내가 잘하는 것이 무엇인지 발견하고 그것을 발전시켜 나간다면 긍정적인 결과가 올 것이라고 빈센트는 생각했다. 의자 그림에는 그런 그의 마음이 스며 있다.

의자 뒤, 구석에 놓인 나무 상자 속에 양파가 보인다.^{11-4a} 자세히 보니 양파의 노란 몸통 위로 초록색 싹이 뾰족하게 솟아 있다. 의자를 그릴 때 우연히 이 상자가 그곳에 있었을지도 모른다. 하지만 빈센트가 허투루 그림을 그리지는 않았으리라. 상자 겉면에 'Vincent'라고 쓴 검은색 서명이 선명하게 보인다. 이 그림이 고갱의 의자와 짝을 이루는 작품이라는 사실을 떠올려 보자. 빈센트는 말하고 싶었던 것 아닐까. 고갱이 가진 화려함은 없지만 자신에게는 또 다른 발전 가능성이 있다는 것. 양파 싹이 돋아나듯 아직 보여줄 것이 있다는 자신감. 더디더라도 반드시 '자라날 것'이라는 확신.

> 만일 내가 비참한 가능성에 연연한다면
> 나는 아무것도 할 수 없을 거야.
> 그럴 때 나는 모든 잡다한 걱정을 버리고
> 작업에 매진한단다.
> 그렇게 해도 마음 속 폭풍이 잠잠해지지 않을 땐
> 기절할 만큼 술을 진탕 마시는 거지.
>
> ✎ 1888년 7월 22일, 아를에서 테오에게

빈센트라고 왜 비참한 심정을 느끼지 않았을까. 그러나 그는 그런 감정에 매몰되지 않으려고 노력했다. 부정적인 생각은 아무것도 바꾸지 못하니까. 결국 내가 바꿀 수 있는 가능성에 집중해야 한다. 빈센트에게 있어 그것은 그림을 그리는 것이었다. 남들과 다른 그림, 나다운 그림을 그리는 것. 그리고 모든

면에 있어서 나다워지는 것.

오늘도 빈센트는 내게 충고한다. 다른 사람을 질투할 시간에 네가 잘할 수 있는 것에 몰두해 보라고. 그렇게 해도 마음이 휘몰아칠 땐 술을 진탕 마셔보라고. 술을 별로 마시고 싶지 않다면 풍경이 탁 트인 카페에서 달콤한 디저트를 잔뜩 먹는 건 어떨까. 생각만으로도 기분이 한결 나아진다. 기지개를 켜고 창문을 열어본다. 하늘은 맑고 바람은 향기롭다. 모든 감정은 반드시 지나간다. 그리고 제자리를 찾는다. 언제나 그랬듯이.

12장

우리는 함께 살아갈
친구가 필요하다

가난한 관리인도 세상을 떠났을 땐

평소 왕래하던 가족과 친구들이 찾아온다.

그렇기에 이승을 떠나는 길이 덜 외롭겠지.

그러니 우리는 함께 살아갈 친구가 필요하다.

요즘은 유튜브를 자주 본다. 그중에서도 〈비긴 어게인〉이라는 음악 예능 프로그램을 짧게 편집한 영상을 좋아한다. 국내 유명 가수들과 연주 세션이 즉석 공연을 펼치는 내용이다. 좋은 노래를 실력 있는 가수들이 각자의 개성을 살려 불러주니 귀가 호강한다. 원래는 주로 해외에서 길거리 공연을 했지만 코로나 때문에 배경을 국내로 바꿨다. 국내 공연은 코로나로 인한 차선책이었겠지만 나는 그런 변화가 더 마음에 든다. 아름다운 음악 덕분에 익숙한 장소가 완전히 새롭게 다가올 때 음악이 가진 힘을 새삼 깨닫는다.

언제나 그렇듯 메인 보컬들은 스포트라이트를 받으며 마음껏 노래를 부른다. 기타와 반주 팀은 노래에 맞춰 묵묵히 연주한다. 그러다 최근에 업로드된 영상을 보며 울컥해 버렸다. 길거리 공연을 찾은 한 관객의 사연 때문이다. 그 관객은 평소 존재감을 잘 드러내시 않고 기타를 열심히 치던 한 멤버를 지목하며, 그를 보기 위해 먼 곳에서부터 찾아왔다고 고백했다. 기타리스트는 팬의 진심 어린 애정에 약간 당황한 듯했다. 항상 공연의 중심은 보컬 팀이었으니까. 팬은 그에게 노래 한 곡을 신청했고 기타를 든 그는 진지하고 감미로운 목소리로 노래했다. 마치 이 날, 이 순간을 기다려왔던 것처럼 완벽하게. 환호와 함께 노래를 마친 그는 팬에게 감사한 마음을 전하며 이내 눈물을 터뜨리고 말았다. 어깨를 들썩이며 우는 모습에 나도 덩달아 울었다.

그는 아주 멋진 가수였다. 하지만 대중적으로 인지도 있는 보컬 팀에 비해 주목받지 못했다. 그들의 노래에 맞춰 기타를 치며 마음 한편으로는 허탈함과 씁쓸함을 느꼈을지 모른다. '나도 노래를 부르고 싶다'는 생각이 드는 건 당연한 일이었으리라. 누군가를 위로하기 위해 연주하지만 정작 자신은 위로받지 못하는 상황 속에서 지쳤을지도 모른다. 실제로 방송 말미 인터뷰에서 그는 자신을 알아봐 주고 진심으로 응원해 주는 한 사람을 통해 힘들었던 마음을 위로받았다고 털어놓는다. 이 이야기를 통해 또다시 깨닫는다. 아무리 힘들어도 나를 알아봐 주는 사람이 있다면 힘을 내어 살아갈 수 있다.

빈센트에게도 그런 사람이 있었다. 동생 테오는 그의 유일한 동반자이자 후원자였다. 37년의 생애 동안 지독하게 가난했고 외로웠던 빈센트에게 테오는 한 줄기 빛이었다. 때로 다투기도 하고 마음에 없는 말들로 상처를 주기도 했지만 그는 테오가 있었기에 살 수 있었다. 테오는 형이 가진 예술적 재능을 알아봐 주었고 그가 그림 그리는 것에 전념할 수 있도록 진심으로 도왔다. 빈센트와 테오가 주고받은 편지는 668통에 달한다. 어떤 소설보다도 진실되고 절절한 그 편지들을 볼 때마다 오히려 내가 위로를 받는다.

> 가난한 관리인도 세상을 떠났을 땐
> 평소 왕래하던 가족과 친구들이 찾아온단다.
> 그렇기에 이승을 떠나는 길이 덜 외롭겠지.
> 그러니 **우리는 함께 살아갈 친구가 필요하다.**

빈센트는 테오에게 이렇게 말했다. 그는 인간은 결코 혼자서 살아갈 수 없다는 사실을 잘 알고 있었다. 테오는 좋은 친구였지만 친구이기 이전에 가족이었다. 가족은 내가 무엇을 해도 나를 응원하고 지지해 준다. 타인이었던 사람과 친구가 되고 우정을 나누는 것은 또 다른 만족을 준다. 언제든 남이 될 수 있는 아주 불안정한 관계지만, 그 관계를 안정적으로 유지하기 위해 노력하는 과정에서 우리는 기쁨을 느끼기도 하고 슬픔을 느끼기도 한다. 그리고 그 과정 속에서 타인의 마음을 헤아리고 공감하는 법을 터득한다. 더 나아가 내가 어떤 사람인지 더 잘 알게 되기도 한다. 친구가 진심으로 나를 이해하고 격려해 주는 것은 아주 큰 힘이 된다.

그의 그림 속에서 여럿이 모여 화기애애하게 시간을 보내는 장면은 좀처럼 찾기 어렵다. 하지만 두 사람이 등장하는 그림은 몇 점 남아 있다. 팔짱을 낀 연인, 함께 일을 하는 두 농부, 커다란 사이프러스 나무 아래로 천천히 걸어가는 두 사람. 빈센트가 1890년에 그린 〈들판을 거니는 여인들〉 역시 두 사람이 등장한다.[12-1] 두 여인이 연둣빛으로 물든 들판을 산책하고 있다. 들판에는 이름 모를 곡식들이 자라고 나지막한 산등성이가 부드럽게 펼쳐져 있다. 노란 점이 콕콕 박힌 보라색 원피스를 입은 여자와 하얀색 원피스에 가느다란 다홍색 허리끈을 맨 여자가 나란히 걷는 중이다. 두 사람은 똑같은 디자인의 노란 모자를 썼다. 나이가 비슷한 친구처럼 보인다. 두 손에 아무것도 들고 있지 않은 걸로 보아 어떤 용무가 있어서 외출을 한 게 아니라 정말 산책을 하러 나온 것 같다.

이 여인들은 무슨 이야기를 하고 있을까? 오늘 날씨에 대해, 오늘 입은 옷에 대해, 똑같이 쓰고 나온 모자에 대해 시시콜콜한 대화를 나누고 있겠지. 요즘 만나고 있는 연인에 대한 고민을 털어놓고 있을지도 모른다. 아니면 고민을 가장한 자랑이라든지. 아무튼 두 사람은 내키는 대로 이야기를 하고 대화 도중 잠깐 침묵이 찾아와도 전혀 어색하지 않은 그런 관계이리라. 빈센트의 그림을 떠올릴 때 대부분은 강렬한 색채 또는 우

12-1 ⟨들판을 거니는 여인들*Women Crossing the Fields*⟩
1890, 종이에 유채, 30.3×59.7cm, 맥네이 미술관

울한 분위기를 먼저 생각하게 된다. 하지만 빈센트가 남긴 작품들 속에는 이처럼 따뜻하고 포근한 느낌을 주는 그림들이 생각보다 많다. 나는 그런 그림들을 보며 그가 갈망했던 것을 어렴풋이 짐작해 보곤 한다. 그는 따뜻하고 소박하고 평화로운 삶을 꿈꿨던 청년이었다.

조금 전 들판을 거닐던 두 여인은 이제 사이프러스 나무 아래를 산책하고 있다.12·2 파란 하늘을 찌를 듯 무성하게 자란 사이프러스 나무가 그림을 가득 채웠다. 초록 생기가 캔버스를 넘어 살아 숨 쉰다. 빈센트의 그림을 보며 나도 어느샌가 이 곧고 푸른 나무를 사랑하게 되었다. 사이프러스 나무가 군락을 이룬 숲에서 크게 숨을 들이마시고 싶다. 내 안의 찌꺼기들이 단번에 날아가 버리도록. 저 여인들도 숲의 상쾌한 내음을 맡으며 사소한 걱정거리들을 날려버리겠지. 두 사람은 옆모습이 닮았다. 뽀얀 피부색도, 연보라색 원피스도. 손을 뻗어 길가에 자란 풀잎과 꽃들을 어루만지는 모습 또한 닮아 있다. 여유로움이 묻어나는 우정의 순간이다.

빈센트는 1년 뒤 사이프러스 나무와 두 여인을 한 번 더 그렸다.12·3 두 사람의 옷차림만 다를 뿐 이전 작품과 똑같은 구도와 주제다. 우정은 한쪽의 마음으로만 이루어지지 않는다. 사랑 역시 마찬가지지만 짝사랑이라는 게 있으니 이야기가 달라진다. 짝우정이라는 건 들어본 적이 없지 않은가. 우정은 흔히

12-2 〈사이프러스 나무와 두 여인*Cipressen met twee figuren*〉
1889-1890, 캔버스에 유채, 91.6×72.4cm, 크뢸러 뮐러 미술관

12-3 〈사이프러스 나무와 두 여인*Cipressen en twee vrouwen*〉
1890, 캔버스에 유채, 43.5×27.2cm, 반 고흐 미술관

'쌓는다'고 표현한다. 내가 한 칸을 올리고, 네가 한 칸을 올리고. 그렇게 차근차근 쌓아올리는 것이 우정이다. 그러니 한 번 시작된 우정은 쉽사리 깨지지 않는다. 두 사람 사이에 다른 누군가가 끼어들 여지도 없다.

1889년이 끝나갈 즈음 그린 〈올리브를 따는 여인들〉 속 인물들은 손발이 척척 맞는다.12·4 높은 사다리에 올라간 한 명은 올리브를 따고, 그보다 아래에 있는 사람은 올리브를 담을 수 있게 바구니를 들고 있다. 나머지 한 사람이 한가득 채워진 바구니를 받기 위해 팔을 뻗고 있다. 다른 한쪽 손에는 이미 바구니가 들려 있다. 세 사람 모두 이 작업을 한두 번 해본 솜씨가 아니다. 처음부터 친구가 아니었을지라도 일터에서 함께하며 이들은 서로 의지하게 되었을 것이다. 차차 마음을 열고 속마음까지 내보이는 사이가 되었을지도 모른다. 사다리 위에서 하는 작업은 위태로워 보인다. 하지만 각자의 자리에서 상대방을 지탱해 준다면 생각보다 어려운 일은 아니다. 분홍빛으로 물든 하늘은 따스해 보이고 올리브 나무는 언제든 탐스러운 열매를 내어줄 준비가 되어 있다.

빈센트는 〈올리브를 따는 여인들〉을 총 세 점 그렸다. 우리가 방금 전에 본 작품이 가장 마지막에 그린 것이다. 처음 그린 그림은 현재 개인이 소장하고 있으며 두 번째 작품은 워싱턴 내셔널 갤러리에서 볼 수 있다.12·5 이 그림은 전체적으로 톤이

12-4 〈올리브를 따는 여인들*Women Picking Olives*〉
1889, 캔버스에 유채, 72.7×91.4cm, 메트로폴리탄 미술관

차분하다. 하늘과 땅이 갈색을 바탕으로 조금 더 연하거나 진
하게 표현되었다. 올리브 나무 역시 쨍한 초록색이 아니라 빛
바랜 초록색을 띤다. 사다리에 올라가 작업하는 여인의 이목구
비가 보인다. 그녀는 사다리 아래를 바라보며 미소 짓고 있는
것 같다. 단순한 검은색 점만으로 이런 표정을 나타낼 수 있다
는 사실이 새삼 놀랍다. 그림을 계속 들여다볼수록 친근한 느

12-5 〈올리브를 따는 여인들*The Olive Orchard*〉
1889, 캔버스에 유채, 72.7×91.4cm, 워싱턴 내셔널 갤러리

낌이 든다. 마치 박수근◆의 작품처럼 향토적이다. 박수근은 농촌 풍경을 주로 그렸던 밀레를 존경했다. 밀레같이 훌륭한 화가가 되게 해달라고 늘 기도했다. 밀레를 사랑했던 빈센트의 작품 속에서 박수근을 떠올리는 것이 마냥 근거 없는 감상은

───── ◆ 박수근(朴壽根, 1914-1965): 한국의 대표적인 서민화가로 회백색이 하강암과 같은 독특한 질감과 단순한 검은 선으로 소박한 서민들의 생활을 그렸다. 대표작으로 〈빨래터〉, 〈나무와 두 여인〉 등이 있다.

아닌 셈이다. 빈센트는 세 그림 중 마지막으로 그린 〈올리브를
따는 여인들〉을 여동생 빌에게 선물했다.

올리브 나무와 여인들을 그린 이 그림이
네 취향에 맞았으면 좋겠어.
얼마 전에 고갱에게 데생을 보냈더니
긍정적으로 평가하더구나.
그는 그림이 별로일 땐 주저하지 않고 비판하는 사람이란다.

🖋 1890년 1월 20일, 생 레미 드 프로방스에서 빌에게

빈센트는 동료 화가들과 공동체를 이루는 꿈을 꾸었고, 서
로 의지하고 격려하며 함께 성장해 나갈 수 있는 친구를 원했
다. 그가 고른 친구는 고갱이었다. 그에게 고갱은 자신의 그림
을 제대로 이해하고 올바른 평가를 해줄 수 있는 동반자였다.
1888년 5월, 아를의 노란 집으로 이사한 빈센트는 고갱에게 이
곳에서 함께 생활하자는 제안을 한다. 당시 경제적으로 힘든
시기를 보내고 있었던 고갱은 빈센트의 말을 따라 아를로 거처
를 옮긴다. 빈센트가 〈거리〉라는 제목을 붙였던 작품은 〈노란
집〉이라는 제목으로 더 잘 알려져 있다.[12·6] 넓고 깨끗한 거리
와 노란색 집이 평화로워 보인다. 안정적인 미래를 꿈꾸며 희
망에 부푼 빈센트의 파란 두 눈동자가 떠오른다.

12-6 〈노란 집(거리)*Het Gele Huis(De straat)*〉
1888, 캔버스에 유채, 72×91.5cm, 반 고흐 미술관

하지만 둘은 성격 차이를 극복하지 못했다. 빈센트와 고갱은 기질적으로 너무 다른 사람이었다. 고갱은 빈센트의 진심을 부담스러워했고 그것을 집착이라 여기게 된다. 빈센트는 고갱이 자꾸만 자기와 거리를 두고 뒤로 발을 빼는 듯한 느낌을 받았다. 빈센트는 고갱과 진정한 친구가 되고 싶었지만 고갱은 그럴 생각이 없었다. 이렇게 삐걱대던 관계는 얼마 가지 못해 파탄에 이르고 만다. 빈센트가 원한 건 아주 간단한 것이었을지도 모른다. 그저 나를 이해해 주고 알아봐 줄 누군가. 그렇다면 정말 힘을 내어 살아갈 수 있을 텐데.

어쨌든 곁에 누군가가 있다는 건 좋은 일이야.
(…) 친구가 없이 외로울 때
우리는 한없이 슬프고 약해지곤 하니까.

✐ 1888년 5월 20일, 아를에서 테오에게

그러나 다행히도 빈센트에겐 테오가 있었다. 그림 속 오베르 거리를 뚜벅뚜벅 걸어가는 저 두 사람처럼 빈센트와 테오는 언제나 함께였다.[12·7] 빈센트가 맘 졸이지 않아도, 아무리 초라한 모습이어도 곁에 있어주는 존재. 살면서 그런 사람이 한 명만 있어도 성공한 인생이라는 말이 있다. 그 말이 반드시 정답은 아니겠지만 요즘은 나도 그 의견에 동의한다. 많은 사람

12-7 〈두 사람이 있는 오베르의 거리와 계단*Rue de Village et marches à Auvers avec des personnages*〉, 1890, 캔버스에 유채, 20.5×26cm, 히로시마 미술관

이 필요한 게 아니다. 누구도 나를 알아봐 주지 않아도 지금 내 곁에 네가 있다면 웃을 수 있다. 당신에게도 분명 진심으로 당신을 응원하는 '테오'가 있다. 그 덕분에 우리는 또 하루하루를 맞이할 힘을 얻는다. 다시 시작할 용기를 얻는다.

13장

별이 반짝이는 밤하늘은
늘 나를 꿈꾸게 한단다

Vincent van Gogh

1888년 7월 9일 혹은 10일, 아를에서 테오에게

Les peintres - pour ne parler d'eux - étant morts et
enterrés parlent à une génération suivante ou à
plusieurs générations suivantes par leurs œuvres
Et ce là tout ou y a-t-il même encore plus.
Dans la vie du peintre peut être la mort n'est
pas ce qu'il y aurait de plus difficile -
moi je déclare ne pas en savoir quoi que ce
soit. Mais toujours la vue des étoiles me fait
rêver aussi simplement que me donnent
à rêver les points noirs représentant sur la
carte géographique villes et villages.
Pourquoi me dis je les points lumineux
du firmament nous seraient elles moins
accessibles que les points noirs sur la
carte de France.
Si nous prenons le train pour nous rendre
à Tarascon ou à Rouen nous prenons
la mort pour aller dans une étoile
Ce qui est certainement vrai dans ce raison-
nement c'est que étant en vie nous ne
pouvons pas nous rendre dans une étoile.
pas plus qu'étant morts nous pouvons prendre le train.
Enfin il ne me semble pas impossible
que le choléra la gravelle la phtisie
le cancer soient des moyens de locomotion
céleste comme les bateaux à vapeur
les omnibus et le chemin de fer en soient
de terrestres.
Mourir tranquillement de vieillesse serait
y aller à pied.

Pour le moment je vais me coucher
car il est tard et je te souhaite bonne
nuit et bonne chance -
    Poignée de main
                                tàt. Vincent

별이 반짝이는 밤하늘은 늘 나를 꿈꾸게 한단다.

2019년 초가을, 남자친구와 처음으로 영화를 보러 간 날이 생생하게 기억난다. 사귄 지 2주 정도 지났을 때였다. 설레지만 아직 어색한 사이. 밥을 먹고 영화관에 갔다가 볼 예정조차 없던 영화를 예매했다. 장장 두 시간에 걸친 영화는 사실 조금 지루했고 남자친구는 긴장이 풀린 탓인지 영화가 후반부에 접어들자 꾸벅꾸벅 졸기 시작했다. 하지만 나는 원래 지루한 영화를 좋아한다. 아마 그는 내가 마지막 장면까지 완전히 집중했다는 것을 눈치 채지 못했을 것이다. 집으로 돌아와 제목의 의미까지 찾아 본 사실은 꿈에도 모를 테고. 그때 본 영화는 〈애드 아스트라*Ad Astra*〉. 지금은 남편이 된 당시의 남자친구는 이 영화를 이렇게 기억한다. 브래드 피트가 주인공으로 나오는 지루한 SF 영화. 그 말에 나는 언제나 똑같이 대답한다. "그래서 더 좋았는데?"

영화는 생명체를 찾아 해왕성으로 떠난 아버지(토미 리 존스)의 임무가 실패하고 20년 뒤, 그의 아들 로이(브래드 피트)가

비밀을 찾아내기 위해 우주로 떠나는 내용이다. 로이는 수많은 난관을 거쳐 마침내 아버지를 만나지만 그는 로이가 그토록 그리워하던 기억 속의 아버지가 아니었다. 그는 우주에 인류 이외의 지적 생명체는 존재하지 않는다는 사실을 발견했음에도 그것을 부정한 채 연구에 매달리고 있었다. 없는 것을 찾느라 있는 것을 보지 못했던 것이다. 로이는 아버지에게 현실을 설명하며 함께 지구로 돌아갈 것을 부탁하지만 그는 끝내 우주에 남는다. 절규하며 아버지를 떠난 로이는 지구로 돌아와 이렇게 다짐한다. 진정으로 소중한 것을 위해 살겠다고.

'애드 아스트라'는 라틴어 'Per aspera ad astra'에서 따온 제목이다. '역경을 헤치고 별을 향하여'라는 뜻이다. 영화 속 로이의 상황과 딱 맞는 문장이다. 그는 역경을 헤치고 별에 도달했다. 별은 언제나 우리를 꿈꾸게 한다. 가까이 있지 않아서 더 아름답고, 닿을 수 없기에 고귀하다. 나는 밤하늘에 반짝이는 별을 사랑한다. 도시를 떠나 맑은 공기로 가득한 곳에 가면 늘 밤하늘을 올려다본다. 그곳에는 도시에서는 볼 수 없었던 수많은 별들이 터질 듯 빛나고 있다. 그 하늘을 가만히 들여다보며 많은 소원을 빌었다. 허공에 흩어진 모래알 같은 소원들. 그중에는 이루어진 것도 있고 이제는 기억나지 않는 것도 있다. 아무렴 어떤가. 그때의 간절했던 내가 있었기에 지금도 나는 살아간다.

잘 익은 밀밭 위에 서 있는 사이프러스 나무와
별이 반짝이는 하늘을 그리고 싶어.

🖋 1888년 4월 9일, 아를에서 테오에게

빈센트 역시 별을 사랑했다. 그만큼 별을 동경하고 별을 아름답게 표현한 예술가가 있을까. 빈센트가 그린 별은 지금까지도 우리들의 가슴을 꿈에 젖게 만든다. 1888년 2월 아를에 도착한 뒤 그는 밀밭과 숲, 바람이 부는 언덕을 거닐며 작품을 구상한다. 특히 빈센트를 사로잡은 것은 우뚝 솟은 사이프러스 나무와 별이 빛나는 밤이었다. 어서 빨리 자신이 본 것들을 캔버스에 담아내고 싶었다. 하지만 그는 건강이 좋지 않았고 아름다운 풍경을 보면서도 불안을 떨치지 못한다. 같은 해 4월 9일 테오에게 쓴 편지에서 그는 이렇게 말한다.

아를의 밤하늘은 정말 아름다워.
그런데 요즘 계속 작업하는 내내 열이 나는구나.
1년 후에 나는 어떻게 돼 있을까?
그때까지 실신과 발작에 덜 시달렸으면 좋겠어.
지금도 나는 많은 고통을 받고 있지만
깊이 걱정하지 않는다. 내 몸은 점차 회복될 거야.
그게 가장 중요한 거지.

테오에게 편지를 쓰고 사흘 뒤 친구 에밀 베르나르에게 쓴 글에서도 빈센트는 별이 빛나는 밤에 대해 이야기한다.

별이 빛나는 밤은 내가 꼭 그려보고 싶은 주제야.
마치 민들레로 뒤덮인 푸른 언덕을 그리는 것처럼 말이지.

✒ 1888년 4월 12일, 아를에서 에밀 베르나르에게

1888년 9월, 빈센트는 몇 달 동안 매혹되었던 별이 빛나는 밤을 그린다.[13-1] 밀짚모자를 쓴 남자와 숄을 걸친 여인이 팔짱을 끼고 론 강변을 거닐고 있다. 론강은 당시 빈센트가 생활하고 있었던 노란 집에서 도보로 1~2분 거리에 있었다. 그는 틈이 날 때마다 그곳을 산책했다. 밤에 그림을 그리는 것은 하나의 도전이었다. 아무리 별빛이 밝다 해도 그림을 그릴 수 있을 만큼 밝을 수는 없기 때문이다. 그래서 그는 강 건너 아를의 인공조명이 잘 보이는 위치를 선택했다. 검푸른 하늘에 콕콕 박힌 노란 별빛과 강 너머 마을에서 켜 놓은 조명이 마치 폭죽처럼 주변을 밝힌다. 이 그림은 하늘과 강의 경계가 모호하다. 어두운 남색과 검은색이 섞인 하늘에서 샛노랗게 빛나는 별. 하늘과 똑같은 색의 강물에 비치는 노란 인공조명. 어둠과 빛이 한데 섞인 공간이 환상적인 이미지를 만들어낸다.

13-1 〈론강의 별이 빛나는 밤*La Nuit étoilée*〉
1888, 캔버스에 유채, 72.5×94cm, 오르세 미술관

하늘은 청록색green-blue

강물은 로열 블루royal blue

땅은 보라색mauve이야.

노란색 인공조명은

강물에 비쳐 붉은 금빛red gold이 되었어.

✎ 1888년 9월 29일, 아를에서 테오에게

빈센트는 그림을 설명하며 색채를 구체적으로 밝힌다. 어두운 밤을 그린 그림이기에 낮에 그린 풍경보다 다양한 색채를 사용할 수 없었고 그만큼 대상 하나하나의 색을 고심해서 골라야 했다. 〈론강의 별이 빛나는 밤〉은 제한적인 색으로도 화려하고 몽환적인 분위기를 묘사할 수 있다는 것을 보여준다.

빈센트는 친구 외젠 보흐◆에게 보낸 편지에 〈론강의 별이 빛나는 밤〉스케치를 동봉했다.[13-2] 외젠 보흐는 벨기에 화가이자 가난한 화가들의 후원자이기도 했다. 종이에 펜으로 그린 이 스케치에서 하늘의 별은 더 반짝인다. 빈센트는 1888년에 외젠 보흐를 알게 되었고 그해에 보흐의 초상화를 그려 그에게 선물한다.[13-3] 빈센트가 보흐에게 쓴 편지는 이것이 처음이자

—— ◆ 외젠 보흐(Eugène Boch, 1855-1941): 벨기에의 화가이며 보흐 가문의 5대 손이다. 보흐 가문은 훌륭한 도자기를 제조했으며 오늘날에도 자기 브랜드 '빌레로이 & 보흐Villeroy & Boch'로 유명하다.

13-2 〈론강의 별이 빛나는 밤〉 스케치
1888년 10월 2일, 아를에서 보흐에게 쓴 편지에 동봉

13-3 〈시인: 외젠 보흐*Le Poète: Eugène Boch*〉
1888, 캔버스에 유채, 60.3×45.4cm, 오르세 미술관

마지막이었다. 카멜색 정장 자켓을 입고 빈센트와 비슷한 포즈를 취한 보흐는 선한 사람처럼 보인다. 보흐와 빈센트는 묘하게 닮았다. 얼굴이 야위었고 수염을 길렀다. 살짝 처진 눈썹 아래 회갈색 눈동자가 조용히 정면을 응시하고 있다. 아마 자신을 그려주는 빈센트를 향한 눈빛이리라. 빈센트는 보흐의 초상화 배경에 별이 빛나는 밤하늘을 그렸다. 검푸른 하늘에 작은 별이 점점이 찍혀 있다. 이 배경 덕분에 초상화는 마법처럼 독특한 분위기를 얻었다.

별이 반짝이는 밤하늘은 늘 나를 꿈꾸게 한단다.

빈센트는 매혹적으로 빛나는 별들을 바라보며 꿈을 꾸었다. 자신을 옭아매는 육체의 고통, 정신적인 고통, 경제적으로 풍족하지 못해 언제나 마음 졸여야 하는 하루하루의 고통. 이 모든 고통에서 벗어나 언젠가 평화만이 가득한 별에 닿을 수 있길 바랐다. 하지만 빈센트는 알고 있었다. 우리가 살아 있는 동안 별에 가는 것은 불가능하다는 사실을. 우리는 죽어서야 별에 도달할 수 있다. 현실에 있는 모든 고통은 겪어야만 하는 것이고 그것을 벗어날 방법은 죽음뿐이다.

우리가 타라스콘이나

루앙으로 가기 위해 기차를 타는 것처럼,

별에 가기 위해서는 죽음을 감수해야 해.

그러니 살아 있는 동안 우리는 별에 갈 수 없지.

✒ 1888년 7월 9일 혹은 10일, 뉘넨에서 테오에게

하지만 우리는 살아 있기에 역경을 이겨내고 반드시 행복한 순간을 만끽한다. 그 순간이 드물게 찾아올지라도. 빈센트에게 인생은 깊고 짙은 밤하늘이었지만 그는 어둠 위에서 존재를 밝히는 작은 별과 같은 희망을 잃지 않았다.

빈센트가 1889년 6월에 그린 이 그림은 아마 세계적으로 가장 유명한 작품 중 하나일 것이다.[13·4] 하늘을 찌를 듯 높이 솟은 사이프러스 나무, 뾰족한 성당의 탑과 나지막한 지붕의 집들, 어둠 속에 잠긴 언덕. 그리고 밤하늘에는 세차게 소용돌이치는 구름과 황금빛 별, 태양처럼 타오르는 달이 보인다. 모두가 잠든 시간, 인간이 보지 못하는 또 다른 세계가 펼쳐지는 듯한 신비로운 장면이다.

그러나 별이 빛나는 밤으로 알려진 것과는 달리 이 그림은 해가 뜨기 직전, 새벽녘에 그려졌다. 빈센트는 테오에게 말한다. "오늘 아침 해가 뜨기 전에 창밖을 보았는데 아침별이 유난히 커 보였어."(1889년 5월 31일에서 6월 6일 사이, 생 레미 드 프로방스에서 테오에게) 아직 어두컴컴한 새벽 하늘에 떠 있는 아침의

13-4 〈별이 빛나는 밤*The Starry Night*〉
1889, 캔버스에 유채, 73.7×92.1cm, 뉴욕 현대 미술관

별들을 보며 빈센트는 무슨 생각을 했을까. 1889년 5월부터 생레미 드 프로방스의 정신병원에 입원해 있었던 빈센트는 이 그림을 그릴 당시 야외 작업을 할 수 없는 상태였다. 그러니 〈별이 빛나는 밤〉은 빈센트가 어느 새벽 보았던 커다란 아침별을 상상 속 마을 위에 그려 넣은 것이다. 불과 1년쯤 전 론강을 거닐며 밤하늘의 별을 그렸던 시간이 야속하게 느껴진다.

> 희망은 별에 있어.
> 나는 그것을 진실로 믿는단다.
> 하지만 지구도 행성 아니겠니.
> 지구 역시 별이라는 것을 잊지 말자.
>
> 🖋 1888년 7월 15일, 아를에서 테오에게

테오에게 보낸 편지 속 이 구절은 빈센트가 어떤 사람인지 다시금 알게 해준다. 그는 한없이 예민하고 우울했지만 동시에 누구보다 삶을 사랑했다. 특히 저 구절에서는 유연한 사고방식과 유머마저 느껴진다. 희망은 별에 있지만 도달하기 어렵다. 그렇다면 지금 우리가 살고 있는 이 지구가 별이라고 생각하면 될 것 아닌가. 지구 역시 별이라는 것을 잊지 말자는 빈센트의 말에 웃음이 났다가 무너지지 않으려는 그의 간절함이 보여 마음 한편이 아릿해진다. 별을 바라보며 살지만 우리는 현실에

13-5 ⟨별이 빛나는 밤⟩ 스케치
1889, 종이에 잉크, 47×62cm, 슈체프 국립 건축 박물관

발을 딛고 있는 인간이다. 그러니 여기 이 자리에서 우리에게
주어진 생을 살아내야 한다. 빈센트는 그 사실을 누구보다 잘
알고 있었다.

⟨애드 아스트라⟩의 결말에서 로이는 이렇게 말한다.

삶이 어디로 흘러갈지 모르지만 난 두려워하지 않아요.
가까운 사람들과 그들의 짐을 나누고,
그들은 나의 짐을 나누면 되지요.
난 살아갈 거고 사랑할 겁니다.

살아가고 사랑하는 것. 곁에 있는 이들을 사랑하고 하루하루 내게 주어진 시간을 감사히 살아간다면 예측할 수 없는 삶이라도 두렵지 않으리라. 빈센트가 그린 아름다운 밤하늘과 반짝이는 별들은 말한다. 현실에서 도망치지 않고 담담하게 살아가되 하늘의 별을 바라보며 희망을 잃지 말라고. 희망은 별에 있지만 지구 역시 별이라는 사실을 잊지 말라고.

14장

고통의 순간이 지나면
내게도 평온한 날들이 오겠지

Vincent van Gogh

너는 그저 네 인생을 잘 살면 돼.

그것이 나에게는 가장 큰 기쁨이란다.

고통의 순간이 지나면 내게도 평온한 날들이 오겠지.

영화 〈사랑도 통역이 되나요?*Lost in translation*〉를 최근에 다시 봤다. 아직 앳된 얼굴의 샬럿(스칼렛 요한슨)은 누구나 뒤돌아볼 만한 미모와 젊음을 가졌지만 행복하지 않다. 행복하지 않은 사람이 풍기는 무미건조한 분위기가 아름다운 그녀 주위를 뒤덮고 있다. 십 대 후반에 이 영화를 처음 봤었다. 끝까지 다 봤는지조차 기억나지 않을 만큼 별다른 인상이 남지 않았던 영화였다. 그렇게 애매하게 남아 있던 영화들을 다시 보게 될 때가 있다. 넷플릭스에서 이 영화를 발견하고 반가운 마음에 젖었다. 마치 옛날에 잃어버린 채 잊고 있던 조그만 열쇠고리를 다시 찾은 것처럼. 그날 밤, 평소보다 일찍 이불 속에 들어가 이어폰을 꽂고 하얀색 재생 버튼을 눌렀다.

화면 속 샬럿은 여전히 아름다웠다. 그 시절엔 보지 못했던 장면들이 보이고 듣지 못했던 대사들이 들렸다. 그녀가 덩그러니 누워 있던 하얀 침대, 도쿄 시내가 내려다보이는 호텔의 커다란 유리창, 너무 밝고 넓은 방, 그 공간을 채우는 깊은 적막.

그 모든 것이 샬럿의 외로움을 말하고 있었다. 그녀는 잘 웃지 않는다. 샬럿이 텅 빈 눈빛으로 도쿄 거리를 헤맬 때 나도 그녀를 따라 그곳을 떠돌았다. 사진작가인 남편을 따라 낯선 일본 땅에 왔지만 지금 자신이 어디에 서 있는지 앞으로 어떻게 인생을 살아가야 할지 막막하다. 어둠 속을 끝없이 유영하는 기분. 나 역시 어둠 속을 헤매는 듯한 기분에 사로잡힐 때가 있다. 지금 내가 가는 길이 옳은 길이 맞는지, 끝이 있긴 한 건지 도무지 감이 잡히지 않을 때. 나를 제외한 모든 사람들은 잘 살고 있는 것 같은데 내 인생은 평범한 것조차 어렵게 느껴지는 그런 때. 한 번 이런 생각에 사로잡히면 걷잡을 수 없다.

빈센트는 1890년 7월 29일에 세상을 떠났다. 그해 3월 테오에게 말했다.

작업은 순조롭게 진행되는 중이었어.

나뭇가지들에 꽃을 그려 넣기만 하면 되었지.

나는 끈기 있고 차분하게 그림을 그리고 있었단다.

그런데 다음 날 갑작스럽게 발작이 시작됐어.

왜 그런 일이 일어났는지 나도 이해가 되지 않아.

🖋 1890년 3월 17일, 생 레미 드 프로방스에서 테오에게

빈센트의 건강은 이미 매우 악화돼 있었고 계속 발작을 일

으키는 등 정신적으로도 심하게 고통받고 있었다. 그는 편지에
덧붙였다.

이 세상엔 나 같은 사람들이 많을 거라 생각해.
평생 일만 하느라 에너지가 고갈된 사람들 말이야.
그것이 절망적으로 느껴질 때도 있어.
하지만 시골에서 요양을 하다 보면
이런 감정들도 차차 사라질 거라 믿어.

1880년부터 그림을 그리기 시작했으니 1890년은 화가로
활동한 지 10년째 되던 해였다. 37세에 불과한 젊은 나이이기
도 했다. 한 번 꼬이기 시작한 삶은 다시 제자리를 찾기 어려웠
다. 인정받고 싶다는 욕구, 화가로서 주목받을 만한 작품을 남
기고 싶다는 열망, 순수하고 솔직하게 인생을 받아들이고 누군
가와 그것을 함께 나누고 싶다는 갈망. 이 모든 것들이 빈센트
에겐 더없이 힘든 일이었다. 어둠 속을 헤매는 느낌을 지울 수
없었을 것이다. 그럼에도 그는 캔버스를 포기하지 않았다.

건강한 고갱조차도 작업을 계속 해 나가는 것이
쉽지 않다고 말하더구나.
예술가들은 모두 그런 고충을 갖고 있어.

그러니 테오야, 나 때문에 너무 슬퍼하지 마.

너는 그저 네 인생을 잘 살면 돼.

그것이 나에게는 가장 큰 기쁨이란다.

고통의 순간이 지나면 내게도 평온한 날들이 오겠지.

1888년 2월, 빈센트가 아를에 도착했을 때 들판은 녹지 않은 눈으로 뒤덮여 있었다.[14·1] 날씨는 아직 스산했다.

여기는 여전히 눈이 내리고 있어. 공기도 차갑구나.

하얗게 변한 마을 풍경을 그려봤어.

🖋 1888년 3월 2일, 아를에서 테오에게

그러나 세상에 존재하는 모든 것은 변한다. 겨울 또한 영원할 리 없다. 추위 속에서도 봄은 조용히 시작되고 있었다. 빈센트는 그 작디작은 생명의 신호를 놓치지 않았다. 뒤이어 이렇게 말한다.

이렇게 추운 곳이지만

아몬드 나무에는 이미 꽃이 피기 시작했어.

나뭇가지를 꺾어 와서 그림을 두 점 그렸단다.

14-1 〈눈 내린 풍경*Paysage avec neige*〉
1888, 캔버스에 유채, 50×60cm, 개인 소장

아몬드 나무는 아직 겨울이 끝나지 않은 2월에 꽃을 피운다. 어쩌면 우리에게 익숙하지 않을지도 모를 이름이다. 나 역시 들어본 적 없는 나무였기에 사진을 찾아보니 꼭 벚나무처럼 생겼다. 옅은 분홍빛과 크림색의 탐스러운 꽃을 가득 매달고 있는 예쁜 나무였다. 유럽 등 지중해 연안에서는 봄을 알리는 전령으로 알려져 있다. 잎이 돋아나기도 전에 꽃을 먼저 피워내는 강인함 때문에 새로운 생명과 희망을 상징하기도 한다. 빈센트는 "물을 담은 유리컵에 아몬드 나무의 가지를 담아놓고 그림을 그렸다. 그림을 그리는 동안 닫혀 있던 꽃봉오리들도 하나둘 피어났다."◆

다가오는 봄에 대한 설렘을 담아 빈센트는 작은 그림 두 점을 완성했다.14-2, 3 따뜻한 봄기운이 그림을 가득 채우고 있다. 금방 튀겨낸 팝콘처럼 몽글몽글한 꽃송이들이 탐스럽다. 고통이 지나고 평화로운 날들이 오길 바랐던 빈센트에게 긴 겨울을 이겨내고 가장 먼저 꽃피우는 아몬드 나무만큼 의미 있는 이미지는 없었으리라.

빈센트는 1890년 2월에 또다시 아몬드 나무를 그린다. 〈꽃 피는 아몬드 나무〉는 보기만 해도 기분이 좋아지는 작품이

───
◆ Roelie Zwikker, Denise Willemstein, *Chefs-d'œuvre au Van Gogh Museum*, Van Gogh Museum Enterprises, 2011, p.65

다.[14-4] 상쾌한 푸른 하늘을 배경으로 아몬드 나무가 하얀색 꽃을 피우고 있다. 빈센트가 그린 어떤 꽃보다도 섬세하다. 아직 미처 피어나지 못한 꽃봉오리도 보인다. 특히 이 그림은 전체적인 분위기가 매우 화사하다. 빈센트는 꽃이 핀 정원, 초록 들판, 나무를 많이 그렸지만 이 그림만큼 밝은 기운을 마구 내뿜는 작품은 처음이었다. 하늘을 표현한 색채도 다양하게 사용되었다. 흰색이 많이 섞인 파스텔 톤 하늘색, 연두색이 비치는 하늘색, 진한 파란색이 보인다. 이 작품에 얼마나 정성을 쏟았는지 느껴진다. 어떤 마음으로 이 그림을 그렸던 걸까.

생 레미 정신병원에 입원 중이었던 빈센트는 1890년 2월 1일, 동생 부부가 아이를 낳았다는 소식을 듣는다. 테오는 형에게 전보를 먼저 보낸 뒤 편지를 썼다.

많은 고비가 있었지만 아내는 무사히 건강한 아기를 낳았어.
우는 소리가 아주 우렁찬 사내아이야.
형이 얼른 나아서 이 조그만 아기를 보러 올 수 있다면!
우리는 아이에게 형의 이름을 붙여주기로 했어.
형처럼 결단력 있고 용기 있는 사람으로
지라길 바라기 때문이야.

🖋 1890년 1월 31일, 파리에서 빈센트에게

14-2 〈유리컵에 꽂힌 아몬드 꽃*Bloeiend amandeltakje in een glas*〉
1888, 캔버스에 유채, 24×19cm, 반 고흐 미술관

14-3 〈유리컵 안의 꽃피는 아몬드 나뭇가지와 책*La branche d'amande fleurie dans un verre avec un livre*〉, 1888, 캔버스에 유화, 24×19cm, 개인 소장

14-4 〈꽃피는 아몬드 나무*Amandelbloesem*〉
1890, 캔버스에 유채, 74×92cm, 반 고흐 미술관

빈센트는 곧장 답장을 쓴다.

네가 마침내 아버지가 되었다는 소식을 받았어.

말로 표현할 수 없을 만큼 기쁘구나.

어머니께서는 또 얼마나 행복해하실지.

(…) 특히 너의 아내 요Jo가 고통스러운 순간을

용감하고 침착하게 이겨냈다는 사실에 나는 크게 감동했어.

덕분에 나는 아팠던 지난 며칠을 잊은 채 지낼 수 있었단다.

1890년 2월 1일, 생 레미 드 프로방스에서 테오에게

테오는 형의 이름을 따서 아들의 이름을 빈센트라 지었다. 동생이 형을 생각하는 각별한 마음이 느껴진다. 당시 빈센트는 별 볼일 없는 화가에 불과했다. 그림을 그리고 있긴 했지만 성공한 예술가는 아니었다. 직업적인 부분을 제외하더라도 그다지 행복한 인생을 살고 있는 사람이 아니었다. 건강조차 그를 괴롭히고 있었으니 빈센트는 동생의 그런 선택이 의아했을 것이다. 무엇도 갖지 못한 자신의 이름을 조카에게 물려주게 된 것이 미안했으리라. 하지만 동생의 사려 깊은 마음을 누구보다 잘 알고 있었다. 〈꽃피는 아몬드 나무〉는 그러한 미안함과 고마움이 가득 스며든 아름다운 그림이다. 어머니에게 쓴 편지에 이런 빈센트의 심정이 잘 드러나 있다.

테오의 아이가 무사히 태어났다는 소식에

얼마나 기뻤는지 몰라요.

테오가 아이에게 제 이름을 붙여주었다고 하더군요.

아버지의 이름을 물려주었더라면 더 좋았을 텐데요.

요즘 들어 돌아가신 아버지 생각을 많이 합니다.

테오 부부를 위해 그림을 그리고 있어요.

침실에 걸어두면 아주 좋을 그림이에요.

파란 하늘을 배경으로 하얀 꽃을 피운

커다란 아몬드 나무랍니다.

　　　　🖋 1890년 2월 19일, 생 레미 드 프로방스에서 어머니에게

　따뜻한 햇살이 충분하지 않아도 건강하게 피어나는 아몬드 나무 꽃을 보며 빈센트는 조카를 떠올렸다. 곧 다가올 봄을 상징하는 아몬드 나무를 그린 이 그림은 새로운 생명에게 딱 어울리는 선물이었다. 빈센트는 인생 마지막 봄에 조카를 위한 꽃 그림을 그렸다.

　그림을 받은 테오는 곧장 아기 침대 위에 이 작품을 걸었다. 안타깝게도 빈센트와 조카는 많은 시간을 함께하지 못했다. 조카가 태어난 해 여름 빈센트는 생을 마감했기 때문이다. 조카는 삼촌이 준 이 그림을 평생토록 소중히 간직했다. 훗날 그는 반고흐 미술관을 세워 〈꽃피는 아몬드 나무〉와 함께 삼촌의 다른

14-5 (좌) 테오의 아내 요와 아들 빈센트 빌럼 (우) 훗날 반 고흐 재단을 설립한 빈센트 빌럼

유작들을 기증했다. 네덜란드 암스테르담에 위치한 반 고흐 미
술관은 빈센트의 걸작을 가장 많이 소장하고 있는 곳이다.¹⁴⁻⁵

빈센트는 가진 것 없는 자신이 조카에게 무엇을 줄 수 있을
지 걱정했다. 하지만 그가 물려준 이름과 진심을 담은 그림은
조카에게 가치를 측정할 수 없는 선물이 되었다. 그리고 그 선
물 덕에 지금 우리는 빈센트의 숨결이 담긴 아몬드 나무를 만
날 수 있다. 이 강인하고 아름다운 나무가 전하는 희망으로 다
시 일어설 수 있다. 봄이 한창일 때 그린 꽃들과는 분명 다른 의
미가 이 그림 속에 담겨 있다. 살이 에일듯 추운 겨울의 고통을
지나 아직 봄이 오지 않았지만 힘차게 꽃을 피우는 아몬드 나
무는 빈센트에게 큰 위로가 되었으리라. 실제로 그는 아몬드

나무를 좋아했다. 힘든 시기를 지나 평화로운 나날을 누릴 수 있기를 마음 속 깊이 바랐던 빈센트의 모습이 보이는 듯하다.

〈사랑도 통역이 되나요?〉에서 샬럿은 위스키 광고를 찍으러 일본에 온 영화배우 밥(빌 머레이)을 알게 된다. 밥 역시 외롭긴 마찬가지다. 그는 말이 전혀 통하지 않는 일본에서 혼자 둥둥 떠다니는 것만 같다. 샬럿과 밥은 낯선 타국에서 서로의 처지에 공감하는 유일한 친구가 된다. 샬럿은 어느 날 이렇게 고백한다.

앞이 하나도 보이지 않아요.
너무 막막해요.

그런 그녀에게 밥은 말한다.

당신은 잘 해낼 거요.
걱정하지 말아요.

샬럿은 여전히 위태롭고, 어느 밤엔 불안에 사로잡혀 잠을 이루지 못한 채 혼자 울지도 모른다. 나 역시 숱한 밤을 그렇게 보냈었다. 퉁퉁 부은 눈을 비비며 일어난 다음 날 아침까지도 어젯밤의 슬픔과 불안은 베개와 이불에 옅게 묻어 있다. 천천히 눈을 들어 또다시 시작된 아침을 바라본다. 방 안을 비추는 따스한 햇살은 주인의 슬픔 따윈 아랑곳 않고 언제나 즐거운 강아지처럼 천진난만하다. 또 그렇게 속아 넘어간다. 그래, 힘 든 시간이 지나면 좋은 날들이 올 것이다.

15장

나는 여전히 예술과 삶을
무엇보다 사랑해

내 병세가 다시 악화된다 해도

용서해 주겠니.

나는 여전히 예술과 삶을 무엇보다 사랑해.

제목에 이끌려 책을 집어들 때가 있다. 며칠 전 우연히 들른 서점에서 초록색의 얇은 책을 고른 것도 순전히 제목 때문이었다. 『헌팅턴비치에 가면 네가 있을까』. 헌팅턴비치가 어디 있는지도 몰랐지만 왠지 이국적인 느낌이 마음에 들었다. 지은이 이어령. 2022년 2월에 별세하신 이어령 교수의 유고 시집이었다. 200쪽이 좀 넘는 조그만 책. 시를 읽어본 게 언제인지도 가물가물했다. 시집 제목과 동명인 시를 먼저 찾아 읽었다.

헌팅턴비치에 가면 네가 살던 집이 있을까

네가 돌아와 차고 문을 열던 소리를 들을 수 있을까

네가 운전하며 달리던 가로수 길이 거기 있을까

(…)

헌팅턴비치에 가면 네가 있을까

아침마다 작은 갯벌에 오던 바닷새들이 거기 있을까◆

이어령 교수는 2012년에 사랑하는 딸을 잃었다. 헌팅턴비치는 딸이 살았던 미국 캘리포니아의 지명이다. 자신보다 먼저 세상을 떠난 딸을 향한 그리움들이 얇은 시집에 빼곡했다. 딸의 빈자리를 그리워하며 지은 시라는 걸 알고 두 번 세 번 반복해서 읽었다. 담담하게 써 내려갔지만 슬픔으로 요동치는 아버지의 마음이 고스란히 느껴졌다. '죽음'이란 그런 것이다. 어떤 단어로도 표현하기 어렵고 어떤 마음으로도 평정을 유지하기 힘들다. 이어령 교수는 딸이 세상을 떠난 뒤에 헌팅턴비치를 가본 적이 있을까. 딸의 흔적을 찾아 헤매는 노교수의 굽은 등이 떠오른다. 그조차도 이젠 우리 곁을 떠나고 없다. 그의 절절한 마음만이 작은 글씨로 남아 아직 살아 있는 내 가슴을 울린다.

가까운 이의 죽음을 경험해 본 적이 있다면 그 괴로움이 얼마나 깊은지 알 것이다. 하지만 인간은 신기하게도 언젠가는 슬픔을 극복하고 일상으로 돌아와 또다시 살아간다. 딸을 잃고 울부짖었던 이어령 교수조차도 매일 아침 눈을 뜨면 배가 고프고 밥이 넘어가는 자신이 한심했다고 고백한다. 심지어 딸의 시신을 땅에 묻은 날에도 허기 때문에 입 안에는 침이 고이고 음식이 잘 넘어갔다고 씁쓸하게 말한다. 그러나 그것이 어찌 잘못

──── ◆ 이어령, 『헌팅턴비치에 가면 네가 있을까(이어령 유고시집)』, 열림원, 2022, p.197

된 일일까. 살아 있는 사람은 살아야 한다. 어쩌면 '망각'은 인간에게 주어진 축복 중 하나일지도 모른다. 잊기 때문에 살 수 있다. 아무리 시간이 흘러도 매일 똑같은 무게만큼 슬픔을 생생하게 느낀다면 우리는 아마 제정신으로 살 수 없을 것이다.

지구상의 생명체는 모두 살고 죽는다. 이는 불변의 진리다. 아직 내 차례가 오지 않았을 뿐, 내 곁의 존재들이 죽듯이 나 또한 죽는다. 12년을 키운 강아지가 갑자기 숨이 멎었을 때 나는 그 상실감을 감당하지 못해 괴로워했었다. 그때 마음을 다잡기 위해 죽음에 관한 글들을 많이 읽었다. 그 글들을 읽으며 그나마 내가 위로받았던 것은 죽음은 자연스러운 과정이라는 사실이었다. 우리는 살아 있으면서 죽음을 잘 생각하지 않는다. 하지만 죽음은 불길하거나 불운한 일이 아니다. 당연히 맞이해야 하는 단계 중 하나이다. 그러니 누군가의 죽음에 너무 슬퍼 말고 나의 죽음을 또한 너무 두려워하지 않아야겠다고 생각했다. 말처럼 쉬운 일은 아니지만 그때의 깨달음은 내게 새로운 인식의 문을 열어주었다.

빈센트는 벨기에 안트베르펜에 머물던 시기에 이 그림을 그렸다.[15-1] 1885년에서 1886년 사이에 그려진 이 작품은 정확한 완성 시기가 알려져 있지 않다. 1885년 11월, 네덜란드 뉘넌에서 안트베르펜으로 여행을 산 빈센트는 1886년 1월 그곳에 있는 미술 아카데미에 등록했다. 실제 모델을 보고 그림을

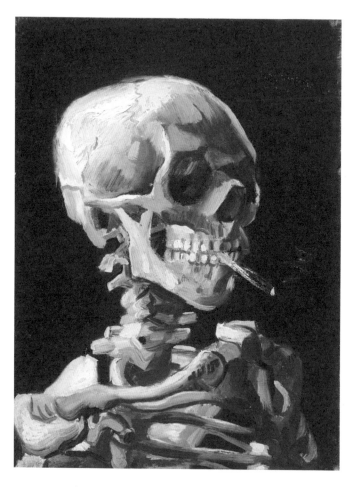

15-1 〈담배를 물고 있는 해골*Kop van een skelet met brandende sigaret*〉
1885-1886, 캔버스에 유채, 32×24.5cm, 반 고흐 미술관

그릴 수 있는 기회를 얻기 위해서였다. 당시 안트베르펜은 화가를 꿈꾸는 이들에게 유명한 곳이었다. 하지만 빈센트는 이내 안트베르펜에 온 것을 후회한다.

여긴 정말 끔찍할 정도로 추워.
(…) 이곳에서 본 그림들은 정말 별로란다.
근본적으로 완전히 잘못되어 있어.
내 그림은 그 그림들과 전혀 달라.
세월이 지나면 누구의 그림이 옳은지 알 수 있겠지.

✎ 1886년 1월 19일 혹은 20일, 안트베르펜에서 테오에게

안트베르펜 아카데미에서는 전통적인 방식으로 학생들을 가르쳤다. 고전 판화를 복제하고 석고상을 스케치하는 등의 교육 과정을 통과한 후에야 학생들은 실제 모델을 그릴 수 있었다. 기대와는 상반되는 학업 분위기에 빈센트는 금세 지루함을 느꼈다. 그는 곧 교수들과 심각한 갈등을 겪었고 몇 주 지나지 않아 수업을 그만두었다. 〈담배를 물고 있는 해골〉은 빈센트가 시도한 일종의 변주였다. 보수적인 학문적 관행에 반기를 드는 작업이기도 했다. 해골은 안트베르펜 아카데미에서 인간 해부학을 배우는 중에 연습해야 하는 주제였시만 징식 거리큘럼에는 해당되지 않았다. 빈센트는 이 그림을 수업 사이나 수업 후

에 시간을 내어 그렸다.

　해골 그림은 직설적으로 죽음을 가리킨다. 육체가 썩어 없어지고 유일하게 남는 흔적. 빈센트는 안트베르펜을 떠난 후에도 종종 해골을 그렸다. 1887년에서 1888년 사이에 겨울 파리에서 그린 〈해골〉은 앞서 안트베르펜에서 그린 그림보다 빈센트의 개성이 더 잘 묻어난다.[15-2] 마치 현대 예술가가 그린 듯 모던한 감각도 느껴진다. 두개골 주변을 노란색 물감으로 마구 칠해 입체감을 없앴다. 빈센트는 평생 죽음을 생각하며 살았다. 그가 태어나기 전에 죽은 형의 이름도 빈센트였다. 그는 형과 같은 이름을 물려받았다. 그 때문에 자신은 항상 죽은 형을 대신해 사는 것이라 생각했다. 태어나자마자 죽음과 엮인 그의 삶 역시 병마와 정신적 고통에서 자유롭지 못했다. 안트베르펜에서 처음 해골을 그린 이후 이 오브제는 한동안 그의 캔버스에서 주인공으로 등장한다.[15-3]

　빈센트는 죽음이 두렵지 않았던 것일까? 사실 미술사에서 해골은 낯선 주제가 아니었다. 17세기 네덜란드와 플랑드르 지방에서 해골을 그린 정물화가 많이 그려졌고 이것이 하나의 장르로 발전했다. 필연적으로 죽을 수밖에 없는 인간, 인간이 지닌 유한함, 세속적 즐거움의 공허함을 상기시키는 이 정물화 장르가 바로 '바니타스Vanitas'이다.[15-4, 5] 바니타스는 라틴어로 '허무' '덧없음' '무가치함'을 뜻한다. 그래서 바니타스 정물화

15-2 〈해골*Schedel*〉
1887–1888, 캔버스에 유채, 41.5×31.5cm, 반 고흐 미술관

에는 생의 덧없음을 상징하는 해골이 핵심적으로 등장한다. 이 외에도 싱싱한 과일, 탐스러운 꽃, 촛불 등을 그리는 것이 특징이다. 과일은 시간이 흐르면 썩어버리고 꽃은 시들고 만다. 촛불 역시 꺼져버린다. 모든 사물이 시간의 흐름에 따라 덧없이 스러지는 것이다. 이처럼 바니타스 정물화는 우리에게 죽음이 항상 가까이 있음을 상기시켜 준다. '죽음을 잊지 말라'는 뜻의 라틴어 '메멘토 모리Memento mori'는 바니타스 정물화를 관통하는 주제이다.

> 행복과 불행은 둘 다 필요하다.
> 그리고 죽음과 삶…
> 죽음과 삶 역시 떼어놓을 수 없는 것이겠지.
>
> ✒ 1889년 9월 20일, 생 레미 드 프로방스에서 테오에게

빈센트는 죽음과 삶을 분리할 수 없음을 잘 알고 있었다. 살아 있는 동안 죽음을 잊지 않았고 죽음에 가까워지는 순간에도 삶을 놓지 않으려 했다. 우리는 단 한 번 살다 죽는다. 내세에 대한 믿음도 분명 있지만 자신이 직접 죽어 내세를 경험하기 전까지는 알 수 없는 일이다. 그러니 가설은 접어두고 확인할

15-3 〈해골〉, 1887, 캔버스에 유채, 43×31cm, 반 고흐 미술관

15-4 피에르 프란체스코 치타디니, 〈바이올린, 악보, 꽃병, 해골이 있는 바니타스 정물화Vanitas-Still Life with Violin, Score, Flower Vase and a Skull〉, 1681, 캔버스에 유채, 101×164cm, 개인 소장

수 있는 사실만을 놓고 보았을 때 인간의 생은 딱 한 번뿐이다. 죽음을 회피하지 않고 받아들일수록 인생은 한 번뿐이라는 사실이 선명하게 와닿는다. 죽음을 가까이 둘수록 역설적으로 삶을 더욱 소중히 여기게 되는 것이다. 빈센트의 해골 그림은 죽음을 적나라하게 보여줌으로써 삶의 고귀함을 잊지 않게 한다.

　재미있는 점은 해골 그림이 죽음이라는 상징을 통해 삶을 보여주듯, 살아 있는 대상을 그린 정물화는 생명이라는 상징을 통해 죽음을 보여준다는 사실이다. 빈센트는 자연 풍경 못지않게 정물화를 많이 그린 화가이기도 하다. 특히 꽃들이 생

15-5 아드리안 반 위트레흐트, 〈꽃다발과 해골이 있는 바니타스 정물화*Vanitas - Still Life with Bouquet and Skull*〉, 1642, 캔버스에 유채, 67×86cm, 개인 소장

생하게 피어 있는 모습뿐 아니라 시들고 말라 죽어가는 순간까지 하나의 그림 속에 담아내고 있다.[15-6, 7] 멈춰 있는 그림 속에서 시간의 흐름을 읽을 수 있는 것이다. 그림 속에 박제된 아름다운 꽃송이들은 저 그림을 완성하고 며칠이 지나지 않아 바싹 시들어버렸으리라. 그리곤 한 톨의 먼지보다도 작은 존재가 되어 영영 사라졌을 것이나.

그래서일까. 꽃을 그린 그림들을 볼 때면 왠지 모르게 쓸쓸

15-6 〈중국 과꽃과 글라디올로스가 있는 꽃병*Vaas met chinese asters en gladiolen*〉
1886, 캔버스에 유채, 61×46cm, 반 고흐 미술관

15-7 〈글라디올로스와 중국 과꽃이 있는 꽃병Vaas met tuingladiolen en Chinese asters〉
1886, 캔버스에 유채, 46×38cm, 반 고흐 미술관

한 기분이 된다. 그림의 제작연도를 들여다보고 꽃을 한 번 더 바라본다. 저 꽃은 아주 오래전에 죽어버렸겠구나. 그림을 그린 화가마저도 이젠 존재하지 않는다. 싱싱한 생명력은 덧없고 유한하다.

나도 할 수 있는 만큼 노력하지만
항상 건강할 수 없다는 건 잘 알고 있어.
이런 사실을 너에게 숨기고 싶지는 않단다.
내 병세가 다시 악화된다 해도 용서해 주겠니.
나는 여전히 예술과 삶을 무엇보다 사랑해.

빈센트가 살아 있는 동안 주고받은 902통의 편지 중 896번째 편지에 쓴 글이다. 그는 1890년 7월 29일 세상을 떠났다. 7월 2일에 위의 편지를 쓴 뒤 불과 이십여 일이 지나 죽음을 맞이한 것이다. 널리 알려진 바에 의하면 빈센트는 7월 27일 일요일, 점심을 먹고 마을을 산책하다가 권총으로 자신의 가슴을 쐈다. 다행히 총알은 심장을 빗겨나갔고 그는 피를 흘리며 집으로 돌아왔다. 병원에도 가지 않았다. 다음 날 테오가 형을 찾아왔다. 이미 빈센트의 온몸은 상처로 감염되고 있었다. 그는 자신이 죽을 것을 알았다. 얼마 가지 않아 그는 테오의 품 안에서 눈을 감았다. 7월 29일 화요일, 새벽 1시 30분경이었다.

빈센트는 스스로에게 총을 겨눴고 끈질기게 줄타기하던 생
사의 길목을 건너고 말았다. 하지만 죽음에 가까워질 때에도
삶을 간절히 원했다. 이런 모순은 빈센트가 얼마나 살고 싶었
는지를 반증한다. 죽음을 곁에 둘수록 생에 대한 갈망은 더욱
커졌다. 살고자 하는 욕망은 죽고 싶은 순간에도 그를 일으켜
세웠다. 삶과 죽음은 가장 가까운 한 쌍이다. 아름다운 꽃과 해
골은 떼어놓을 수 없다. 빈센트는 말한다. "나는 여전히 예술과
삶을 무엇보다 사랑해." 이 말이 그의 진심일 것이다.

헌팅턴비치에 살던 그녀는 이제 이 세상에 없고 그녀를 그
토록 그리워하던 이 또한 우리 곁을 떠났다. 빈센트는 한 번뿐

15-8 폴 가셰, 〈빈센트 반 고흐의 임종*Vincent van Gogh sur son lit de mort*〉
1890, 태닝된 종이에 검은색으로 에칭, 12.1×16.8cm, 시카고 미술관

인 생의 한가운데를 치열하게 살다 죽었다.

〈두 번은 없다*Nic dwa razy*〉. 폴란드 시인 비스와바 쉼보르스카가 쓴 시의 제목이다. 해가 바뀔 때마다 새로 사는 다이어리 맨 앞 장에 몇 년간 계속 써온 나만의 글귀이기도 하다. 두 번은 없는 인생이기에 우리에게 주어진 삶을 헛되이 보내지 않을 수 있다. 죽음을 기억하기에 그 무엇보다 삶을 사랑할 수 있다.

나가며

지금껏 받은 편지들을 모으면 커다란 종이 상자 하나쯤은 될 것이다. 초등학생 시절 나에게 영원한 우정을 맹세했던 친구의 편지, 전학을 간 친구가 책상 서랍에 넣어둔 이별 편지, 어설픈 고백을 한 글자 한 글자 눌러 담은 편지, 타지에서 대학생활을 하던 내게 엄마가 보냈던 애틋한 편지까지. 내가 누군가에게 보낸 편지들도 어딘가에 흩어져 있을 것이다. 이미 사라졌을지도 모르지만. 손 글씨로 편지를 쓰는 게 번거로운 일이 되어버린 요즘도 나는 종종 편지를 쓴다. 편지를 쓸 때 나는 더 솔직해진다. 마음을 담은 편지는 '타인에게 보내는 일기'와 다름없다고 생각한다.

빈센트가 테오에게 보낸 편지 역시 일기에 가깝다. 가장 가까운 이에게 보내는 가장 내밀한 자기 고백. 편지 속에는 그림을 그릴 때 그가 처해 있었던 환경, 하루하루의 생각들, 고민들, 순수한 기쁨과 격렬한 슬픔 등이 생생하게 남아 있다. 빈센트의 편지와 함께 읽어 내려간 그의 그림들은 단순히 그림만 보았을 때보다 한층 더 깊이 있게 그의 작품을 이해할 수 있게 해 준다.

빈센트의 편지와 그림에 묻혀 살았던 지난 6개월이 벌써 그리워진다. 그를 만나 행복했다. 슬픔 속에서도 의지를 잃지 않는 한 남자에게서 많은 것을 배웠다. 이렇게 얻은 깨달음 또한 시간이 흐르면 희미해지겠지만 언제고 나는 빈센트를 떠올리며 인생을 마주할 것이다.

독자들이 이 책을 통해 빈센트의 아름다운 문장과 그림에 감응하길 기대한다. 인생의 고비마다 꺼내드는 낡은 책이 된다면 더욱 좋겠다. 마지막 장까지 함께 걸어와 준 분들에게 다시 한번 감사의 말을 전한다.

보내는 이, 이소라